DAVID MOITET

NEW EARTH PROJECT

Tödliche Hoffnung

DAVID MOITET

NEW EARTH PROJECT

Tödliche Hoffnung

Aus dem Französischen
von Maren Illinger

EDEL
KIDS BOOKS

New Earth Project
Tödliche Hoffnung
ISBN 978-3-96129-170-0
Edel Kids Books
Ein Verlag der Edel Germany GmbH

22763 Hamburg
www.edel.com
2. Auflage 2020

Die französische Originalausgabe erschien bei Didier
Jeunesse unter dem Titel »New Earth Project«

Text: David Moitet
Übersetzung: Maren Illinger
Projektkoordination und Lektorat: Esther Kalb
Umschlaggestaltung: formlabor, Hamburg
Layout und Satz: Uhl + Massopust, Aalen
Herstellung: Frank Jansen
Druck und Bindung: GGP Media GmbH, Pößneck

Printed in Germany

Für Eléa, Inès und Pierre …

Prolog

Sommer 2115

Arthur C. Parker war stolz und glücklich. Nach jahrelangen Vorbereitungen war das erste Weltenschiff endlich bereit zur Inbetriebnahme. Er nahm sich die Zeit, jeden Gast, der an Bord des kleinen Raumschiffs Platz genommen hatte, persönlich willkommen zu heißen. Der Präsident der Vereinigten Staaten von Amerika unterhielt sich leise mit der Präsidentin von Europa. Ein paar Meter weiter genossen der Vertreter der nordafrikanischen Emirate und seine chinesische Amtskollegin die Aussicht auf die Erde.

Von hier oben konnte man Tausende Sterne sehen, und doch hatten alle denselben Reflex: Sie drehten sich zur Erde zurück. Parker überraschte das nicht. Ihm selbst war es zunächst nicht anders gegangen. Auch wenn er einer der Ersten gewesen war, die ihren Blick darüber hinaus geöffnet hatten …

»Fantastisch, nicht wahr?«, sagte er und stellte sich ans Fenster.

»Beeindruckend«, staunte der russische Präsident.

»Das wirklich Beeindruckende ist, werter Präsident Youchov, dass wir alle dieses Projekt gemeinsam voranbringen.«

»Das stimmt. Dank Ihnen, Arthur, dank Ihnen. Das New Earth Project wird unseren schönen Planeten retten. Ihr Name wird in die Geschichte eingehen.«

»Es gibt noch viel zu tun, aber ich denke, wir sind auf dem richtigen Weg. Sehen Sie, wir nähern uns nun dem Weltenschiff.«

Alle Blicke wandten sich zur gewaltigen Weltraumwerft der Firma Parker. Das kleine Raumschiff glitt zwischen die riesigen Maschinen, die für die Konstruktion der Weltenschiffe zuständig waren.

»Hier können Sie Weltenschiffe in verschiedenen Stadien der Fertigung sehen«, erklärte Parker. »Dieses hier zu unserer Linken wird erst in etwa einem Jahr fertig sein.«

Bewundernde Pfiffe ertönten.

»Die gesamte Produktion ist voll automatisiert, und wir haben den Einsatz von menschlichen Arbeitern so weit wie möglich reduziert. So vermeiden wir Fehler und schützen wertvolle Menschenleben.«

»Ist das da vorne das Weltenschiff?«, fragte die chinesische Präsidentin.

»Ganz genau. Das WS-001, das erste einer langen Serie. Wir werden darüber hinwegfliegen, damit Sie es sich ganz aus der Nähe anschauen können. Ausnahmsweise haben wir an diesem besonderen Tag auch Journalisten Zugang zur Werft ermöglicht. Deshalb ist hier heute so viel los.«

Das Raumschiff drosselte die Geschwindigkeit und glitt langsam über die gewaltige Konstruktion hinweg.

»Ein Wunder der Technik«, bemerkte Parker. »Das Weltenschiff ist eine regelrechte Stadt, die alles bietet, was nötig ist, um die lange Reise nach New Earth zu bewältigen.«

Die Oberhäupter der einflussreichsten Länder des Planeten drängten sich wie Kinder vor den runden Fenstern, um den langen Zylinder zu bestaunen, der schon bald die Reise zum Exoplaneten Epsilon 145B, auch New Earth genannt, antreten sollte. Seit über dreißig Jahren hatten sie alle durch großzügige Unterstützung viel dazu beigetragen, das NEP – New Earth Project – zu finanzieren, dessen Ziel es war, den Bewohnern der Erde die Auswanderung in ein anderes Planetensystem voller Verheißungen zu ermöglichen.

Die Erde hatte ihre Grenzen erreicht. Klimaerwärmung, Umweltverschmutzung und vor allem die Überbevölkerung bedrohten das empfindliche

Gleichgewicht, das die Natur über Jahrmillionen hinweg geschaffen hatte. Natürlich gab es zahlreiche Umweltschutzbewegungen, die retten wollten, was noch zu retten war, aber keiner der anwesenden Machthaber bezweifelte, dass das NEP die Lösung war. Derzeit war vorgesehen, eine Million Personen pro Woche nach New Earth zu schicken. Dieser Planet, der zehnmal größer war als die Erde, konnte die Neuankömmlinge problemlos aufnehmen und bot ihnen die Möglichkeit, Grund und Boden zu bewirtschaften und so der Armut zu entgehen, unter der der Großteil der Erdbevölkerung litt.

Dieses verrückte Projekt, das der steinreiche Großindustrielle Arthur C. Parker ins Leben gerufen hatte, stand heute kurz vor dem Startschuss. Als Marktführer im Bereich der Robotik war es Parker gelungen, die Oberhäupter der wichtigsten Staaten der Erde um einen Tisch zu versammeln und von ihnen die Unterstützung zu erhalten, die es brauchte, um eine neue Welt zu kolonisieren. Schon in wenigen Stunden sollten die ersten hoffnungsvollen Siedler ihre Heimat für immer verlassen.

»Wie Sie sehen, hat das Schiff eine zylindrische Form. Es dreht sich permanent um sich selbst, um künstlich Schwerkraft zu erzeugen. Denn es ist unmöglich, mehrere Jahre in vollkommener Schwerelosigkeit zu verbringen.«

»Unglaublich. Das Ding ist wirklich riesig!«, rief der russische Präsident aus.

»Etwa fünf Kilometer lang, Präsident Youchov. Diese Größe ist nötig, um eine Million Siedler zu transportieren. Und sehen Sie das große Gewächshaus in der Mitte des Raumschiffs? Es dient dem Anbau von Pflanzen, soll den Reisenden aber zugleich ermöglichen, ihre Sehnsucht nach ein bisschen Grün zu stillen. Wir haben sogar ein paar hundertjährige Bäume gepflanzt. Selbstverständlich gibt es an Bord auch alles, was man zum Leben braucht: Krankenhäuser, Kinos, Einkaufszentren. Wir haben an alles gedacht, damit diese lange Reise so reibungslos und angenehm wie möglich vonstattengeht.«

»Und das Weltenschiff ist wiederverwendbar?«, erkundigte sich der Präsident der Vereinigten Staaten.

»Das hoffen wir«, erwiderte Parker. »Wir haben die Produktion mehrerer Hundert Exemplare geplant, damit jede Woche eins auf die Reise gehen kann. Nach ihrer Rückkehr zur Erde – was etwa zwölf Jahre dauern wird – sollen die Schiffe weitere Reisen machen.«

Kurz entfernte Parker sich von seinen Gästen, um sich seinem fünfjährigen Sohn Orion zuzuwenden. Der Kleine stand wie die Großen staunend am Fenster. Er hatte ein Stofftier im Arm, und neben ihm stand sein Kindermädchen.

»Na, Orion, gefällt es dir?«

Der Kleine nickte.

»Es ist sehr schön!«

»Eines Tages übernimmst du meinen Platz an der Spitze des NEP. Wir werden den Planeten retten, mein Sohn.«

»Ja, Papa«, erwiderte Orion schüchtern.

Er war ein hübscher Junge mit weizenblonden Haaren und tiefblauen intelligenten Augen.

»Was ist das für ein kleines Schiff, das sich vor das große drängelt?«, fragte er.

Arthur Parker runzelte die Stirn. Ein Raumschiff bewegte sich gefährlich nah an das Weltenschiff heran. Wieder einer dieser verflixten Journalisten, der bessere Aufnahmen machen will als die anderen, dachte er. Er drückte auf seinen Sender.

»Nita, da ist ein neugieriger Journalist, der dem Weltenschiff ein bisschen zu nahe kommt. Könnten Sie bitte dafür sorgen, dass er sich wieder auf die vorgesehene Flugbahn begibt?«

»Natürlich, Sir.«

Einige Sekunden später war die Stimme der Pressereferentin erneut zu hören. Sie klang beunruhigt.

»Wir haben Probleme, ihn zu erreichen, Sir. Möglicherweise hat er absichtlich die Funkverbindung unterbrochen. Soll ich die Armee kontaktieren?«

Parker zögerte.

»Sir?«

»Nein, Nita, lassen Sie ihn.«

»Aber Sir, vielleicht ist es ein Terrorist! Wir haben jede Menge Drohungen bekommen.«

»Ich sagte, lassen Sie ihn.«

Die versammelten Staatsoberhäupter warfen Parker fragende Blicke zu. Alle hatten das Gespräch verfolgt.

Parker begnügte sich damit, ihnen beruhigend zuzulächeln. Er lächelte sogar noch, als das Raumschiff kurz darauf am Weltenschiff explodierte.

»Mein Gott! Ein Selbstmordattentat!«, stieß die europäische Präsidentin aus.

»Entsetzlich!«, keuchte die chinesische Präsidentin.

Die Überreste des explodierten Raumschiffs verteilten sich in winzigen Splittern im Weltraum. Dabei war zur Überraschung der Anwesenden kein Laut zu vernehmen. Im interstellaren Vakuum werden keine Geräusche übertragen. Am Weltenschiff selbst war nur ein schwacher Abdruck zurückgeblieben, kaum mehr als ein dunkler Fleck, der dank der Arbeit einer Armee von Robotern bald wieder verschwunden sein würde.

»Das Raumschiff, das bumm gemacht hat, hat nicht mal ein Loch ins große Schiff gemacht«, stellte Orion fest.

Parker drehte sich triumphierend zu ihm um.

»Sehr richtig, mein Sohn! Sehen sie, meine Damen

und Herren, so sicher ist unser Schiff. Es ist so stabil, dass es sogar einen Meteoriteneinschlag übersteht. Niemand kann verhindern, dass es noch heute auf die Reise geht. Nicht einmal die Extremisten, die unsere wunderbare Mission aufhalten wollen.«

»Schau mal«, sagte der Kleine. »Die Roboter haben das Raumschiff überstrichen, und jetzt sieht es so aus, als wäre da ein O, wie in Orion.«

Parker warf einen verärgerten Blick auf das Weltenschiff. Die Farbe, die von den Robotern aufgetragen worden war, war tatsächlich nicht dieselbe wie die Originalfarbe. Das missfiel ihm. Parker liebte die Perfektion. Er würde ein paar Worte mit den Verantwortlichen in der Logistik sprechen müssen. Aber alles zu seiner Zeit. Erst einmal würde er in wenigen Minuten eine Rede halten, die Milliarden Menschen auf der ganzen Welt verfolgen würden.

»Sophia, kümmern Sie sich bitte um Orion? Ich habe zu tun.«

»Ich heiße Sonia, Sir«, erwiderte das Kindermädchen.

»Egal, wie Sie heißen, ich verlasse mich auf Sie.«

Und damit kehrte Parker seinem Sohn den Rücken zu und wandte sich an die Journalisten.

1

ISIS

Zehn Jahre später – Jahr 2125

Ich liege morgens gerne lange im Bett. Ich liebe diese dem Tag geklauten Minuten, in denen man den Moment hinauszögert, bis man die Wärme der Decke verlässt. Es macht mir Spaß, die Tatenlosigkeit der Nacht zu verlängern, während alle anderen aktiv sind. Nur leider komme ich höchst selten in diesen Genuss.

Ich heiße Isis. Wenn man mich so sieht, wie ich in Unterhose und BH bäuchlings auf dem Bett liege, würde man wohl nicht vermuten, dass ich die Hoffnung meiner Familie bin. Aber das bin ich. Und was meine Bekleidung betrifft, gibt es mildernde Umstände: Die sommerliche Hitze hier in New York ist einfach unerträglich. Vor der verdammten Klimaerwärmung herrschten hier angeblich mal angenehme Temperaturen. Aber jetzt sind es im Sommer vierzig Grad und mehr und im Winter nie weniger als fünfundzwanzig. Es ist nicht auszuhalten. Klar, die Bewohner der Kuppeln haben das Problem nicht. Ihre Häuser sind riesig und klimatisiert. Aber das ist eine andere Geschichte. Außerdem habe ich eine Regel: nie vor zehn Uhr von ihnen zu sprechen. Es macht nur schlechte Laune, an die Reichen zu denken. Wie spät es wohl ist? Ich versuche, ein Auge zu öffnen. Die gleißende Helligkeit scheint entschlossen, mir die Netzhaut zu verbrennen. Es ist also Tag. Ich strecke mich blinzelnd. Durch das Fenster fällt ein Rechteck aus Licht ins Zimmer. Aber der Smog ist so dicht, dass man die Tageszeit nicht anhand der Sonne bestimmen kann. Man weiß nur, dass sie da ist, weil man vor Hitze fast erstickt. Ich gähne. Gestern Abend habe ich bis spät in die Nacht gelernt. Heute habe ich einen Mathetest und keine Lust, ihn zu vermasseln.

Normalerweise haben die Kinder der Armen, zu denen auch ich gehöre, keinen Zugang zur Schule. Sie ist denjenigen vorbehalten, die in den Kuppeln leben: den Unantastbaren. Doch vor ein paar Jahren hat die Regierung, auf Bestreben der Justiz und um soziale Aufstiegsmöglichkeiten zu schaffen, beschlossen, eine kleine Zahl Kinder aus benachteiligten Vierteln zu den Schulen der Unantastbaren zuzulassen.

Alle drei Jahre durchlaufen alle Kinder von sechs bis neun Jahren eine Reihe an Tests, und die besten von ihnen bekommen die Ausnahmeerlaubnis, zur Schule zu gehen. In meinem Viertel war ich eine der zwei Auserwählten. Der andere ist mein Kumpel Flynn. Wer die Chance hat, zur Schule zu gehen, lässt sie nicht ungenutzt. Denn nur, wer sie mit einem guten Diplom abschließt, hat die Chance, seine Familie aus den Wasserquartieren herauszuholen.

»Isis kommt zu spät zur Schule!«

Der da gerade gebrüllt hat, ist mein kleiner Bruder Zach, sechs Jahre alt. Die reinste Nervensäge, auch wenn meine Eltern behaupten, er sei ganz harmlos. Ich taste nach einem zusammengerollten Sockenpaar und werfe es in seine Richtung.

»Verzieh dich, Gartenzwerg!«

Er weicht dem Geschoss mühelos aus. Zu meiner Verteidigung muss ich sagen, dass ich kaum die Augen geöffnet habe. Sonst hätte ich ihn nicht verfehlt. Ich drehe mich zum Wecker, um mich zu vergewissern, dass Zach mich nur ärgern wollte.

»Verdammter Tsunami!«, rutscht es mir raus.

Dazu muss ich wohl erklären, dass wir im schwimmenden Slum von New York leben, dem größten der Ostküste. Durch die Klimaerwärmung ist der Meeresspiegel mehr als zwanzig Meter angestiegen, und die Türme Manhattans stehen jetzt mit den Füßen im Wasser. Ich wohne genau unter einem, in der Water-Zone, einem der Elendsviertel New Yorks. Aus diesem Grund können wir Tsunamis nicht besonders gut leiden.

Wenn ich die Schule gut abschließe, kann ich vielleicht genug verdienen, um eine Wohnung in einem der Türme zu bezahlen oder, noch besser, auf dem Festland. Aber dafür muss ich mich jetzt erst mal mit Lichtgeschwindigkeit fertig machen, weil ich sonst durch den Mathetest falle, für den ich gestern so lange gebüffelt habe.

»Ich hab deinen Busen gesehen!«, kreischt mein idiotischer Bruder.

Wenn man wie wir in einer winzigen Hütte lebt, kann man Privatsphäre vergessen. Ich schneide eine Grimasse und ziehe mich schnell an. Meine Schuluniform ist ziemlich hässlich. Eine graue Bluse und ein Rock in derselben Farbe. Ich binde mir die vorgeschriebene Krawatte lose um den Hals und stopfe alles, was ich heute brauchen werde, in meinen Rucksack.

Etwa eine Sekunde später rausche ich durch unsere zehn Quadratmeter große Ess-Wohn-Küche, drücke meiner Mutter einen Kuss auf die Stirn und zische wie eine Rakete nach draußen.

»Trinkst du deinen Algentee nicht?«, ruft meine Mutter mir hinterher.

»Keine Zeit! Bin spät dran!«, rufe ich zurück.

Während ich im Slalom zwischen den improvisierten Häusern hindurchflitze, schalte ich meine geistige Stoppuhr ein. Es wird knapp werden … Bis zur Schule sind es gut zwei Kilometer, und ich habe nur noch zehn Minuten, bis sich die Tür schließt. Ich laufe schneller und ignoriere die Rufe derer, denen ich an den Kreuzungen vor die Füße laufe. Manche schimpfen, aber die meisten erkennen mich dank meiner Uniform und sagen nichts. Sie sind stolz darauf, dass eine Bewohnerin ihres Viertels zur Schule zugelassen wurde.

Ich renne gern. Es ist eins der wenigen Dinge, bei denen ich mich wirklich frei fühle. Am Ende der Water-Zone werfe ich einen Blick zurück. Hinter dem Dschungel aus auf- und nebeneinandergebauten Bruchbuden erkennt man den Arm der Freiheitsstatue, der im 45-Grad-Winkel aus dem Wasser ragt. Sie ist vor etwa zwanzig Jahren nach vorne gekippt, hat man mir gesagt, aufgrund der Auswirkungen von Rost und Wellen. Ich kenne Fotos von der Statue aus der Zeit, als sie noch aufrecht stand. Natürlich weiß ich, dass es unmöglich ist, aber ich würde viel darum geben, sie einmal ganz zu sehen, nur ein einziges Mal. Vielleicht ja beim nächsten Tsunami, bevor die Riesenwelle uns alle verschlingt …

Ich erreiche den festen Boden. Meine Schritte sind hier sicherer als auf den schwimmenden Straßen, und ich kann noch etwas schneller laufen. Nach ein paar Minuten kommt endlich die Schule in Sicht. Das hypermoderne Gebäude passt nicht so recht ins Viertel, aber die Autoritäten wollten die »gemischten« Schulen, wie sie sie nennen, unbedingt außerhalb der Kuppeln einrichten, um der ganzen Welt zu beweisen, dass auch die Kinder der Armen ihren Platz im Bildungssystem haben. Dass ich nicht lache! Vor allem wollen sie nicht, dass wir zu ihnen in die Kuppeln kommen.

Trotz meiner Anstrengungen habe ich es nicht rechtzeitig geschafft. Ich halte mein Auge vor den Scanner am Eingang und erwarte das Urteil.

»SIE SIND ZU SPÄT, IMMACULÉE-SISSY MUKEBA!«, verkündet der Computer, bevor er die Tür entriegelt.

Tja, das also ist mein echter Name: Immaculée-Sissy. Meine Eltern hatten wohl zu viel Kartoffelschnaps intus, als sie ihn ausgesucht haben. Verständlich, warum ich mich lieber Isis nenne, oder?

Ich durchquere den Eingangsbereich, laufe zum Vaporisator und schließe die Augen. Das Desinfektionsmittel füllt die Kabine. Ich hasse den Geruch. Aber es steht außer Frage, die Unantastbaren mit Bakterien zu gefährden. Nach diesem Zwischenstopp komme ich endlich in den Hof. Mein Klassenzimmer befindet sich am anderen Ende des Gebäudes.

Ich hole tief Luft und renne weiter.

2

ORION

Orion trommelte ungeduldig mit den Fingern auf die Lehne des Autositzes, während er auf Miranda Bergson wartete. Er warf einen Blick auf die Uhr. Sie würden zu spät kommen! Warum hatte sein Vater nur auf den Vorschlag von Mirandas Mutter eingehen müssen? Ihre Familie war fast so reich wie seine – reicher war niemand – und konnte sich problemlos einen Fahrer leisten. Aber leider hatte Mrs. Bergson es geschafft, seinen Eltern einzureden, dass Orion sich wahnsinnig darüber freuen würde, morgens zusammen mit ihrer Tochter zur Schule zu fahren. Miranda gefiel die Regelung natürlich, und sie nutze sie, um sich an ihn zu hängen wie ein Blutegel. Jeder wusste, dass Miranda in ihn verknallt war. Sie war hübsch, sehr hübsch sogar. Mit ihren schwimmbeckenblauen Augen und ihren langen blonden Haaren hätte man sie fast für seine Schwester halten können. Aber sie hatte eine egozentrische Art, eine Angewohnheit, alles ausschließlich auf sich zu beziehen, vor der es Orion grauste. Was er ihr natürlich nie gesagt hatte. Denn das wäre unhöflich gewesen, und sein Vater hätte ihm Vorwürfe gemacht.

Während er auf sie wartete, ließ Orion den Blick über das gigantische Anwesen der Bergsons schweifen. Es war fast so weitläufig wie das seiner eigenen Familie und lag auf der Kuppe eines Hügels, mitten im Zentrum der Kuppel N° 1, der begehrtesten des Landes. Der Garten war prachtvoll, der Pool riesig, und das Haus erinnerte ein bisschen an ein europäisches Schloss der Renaissance. Und alles lag in dem angenehmen künstlichen Licht, das vom Dach der Kuppel ausgestrahlt wurde und das natürliche Sonnenlicht nachahmte. Außerhalb der Sicherheitstüren der Kuppel fand man sich im ewigen Grau des Smogs wieder, der das Sonnenlicht verdeckte. Hier aber war alles schön, strahlend, sauber. Fast vergaß man das Chaos, das draußen herrschte. Fast.

Miranda erschien oben am Haus und schwebte wie eine ägyptische Prinzessin den Weg zur Auffahrt hinunter, ohne sich auch nur das kleinste bisschen zu beeilen. Orion seufzte.

»Hallo, Orion.«

»Hallo, Miranda. Wir sind zu spät.«

»Ach komm, die paar Minuten. Ich musste unbedingt diesen neuen Knoten ausprobieren«, sagte sie und bewunderte sich in den verspiegelten Fenstern des Wagens. »Irgendwie muss man sich ja von den anderen unterscheiden, wenn man schon diese minimalistische Uniform tragen muss. Ist gut geworden, oder?«

»Sehr hübsch«, erwiderte Orion höflich und gab ihr ein Zeichen, einzusteigen.

»Oskar holt die Verspätung schon wieder raus. Nicht wahr, Oskar?«

»Aber gewiss, junge Dame«, sagte der Chauffeur und beeilte sich, Miranda die hintere Wagentür zu öffnen.

In Anbetracht der Uhrzeit war die Mission allerdings so gut wie unmöglich, selbst bei Missachtung der Geschwindigkeitsbegrenzung.

Das Auto startete mit einem leisen Zischen, dann begann der Wasserstoffmotor zu schnurren. Oskar fädelte sich in den spärlichen Vormittagsverkehr ein und sie ließen die Kuppel in Rekordzeit hinter sich. Bald waren sie nur noch wenige Hundert Meter von der Schule entfernt. Orion drückte auf den Knopf, der die Scheiben verdunkelte.

»Warum machst du das eigentlich immer?«, fragte Miranda, die endlich aufgehört hatte, sich in ihrem nagelneuen Handy zu bewundern.

»Keine Lust, den Tag mit Schmutz und Elend zu beginnen«, brummte Orion.

Der Wagen wurde langsamer und blieb dann stehen. Orion runzelte die Stirn.

»Sind wir schon da, Oskar?«

»Nein, Sir. Es gibt ein kleines Problem. Eine Versammlung auf der Straße.«

»Das hat ja gerade noch gefehlt«, sagte Orion gereizt.

Er hellte die Scheiben wieder auf und schaute hinaus. Die Straße war tatsächlich blockiert. Ein Lastwagen der Lebensmittelausgabe vom NEP war der Grund. Etwa hundert Menschen hatten sich darum geschart und veranstalteten einen Tumult, der an ein Footballspiel erinnerte. Sie schienen bereit zu sein, einander für ein Kilo Energieriegel oder eine Packung getrockneter Insekten an die Gurgel zu gehen.

Orion betrachtete die altersschwachen Wolkenkratzer, den Müll in den Straßen und die Menschen, die in immer größere Aufregung gerieten. Über ihnen lief auf einem riesigen Bildschirm, der die ganze Breite eines Gebäudes einnahm, eine Reklame des NEP.

Nehmen Sie an der großen Glückslotterie teil! Seien Sie einer der 200 000 Amerikanerinnen und Amerikaner, die diese Woche ihr Ticket nach New Earth gewinnen.

Bedenken Sie: Die Gewinner können die Erde mit ihrer ganzen Familie verlassen und erhalten bei ihrer Ankunft zehn Hektar Land und ein eigenes Haus. Auf New Earth leiden Sie nie wieder Hunger!

Eine Fotoserie zeigte lächelnde Siedler inmitten einer üppigen Vegetation. Und auf jedem Bild waren deutlich die zwei Sonnen zu sehen. Auf New Earth gab es keine Luftverschmutzung... Der Kontrast zwischen den grellen Farben der Werbung und der grauen Misere um sie herum hatte etwas Abstoßendes. Orion verzog das Gesicht.

Miranda, die seinem Blick gefolgt war, startete einen Gesprächsversuch.

»Hast du dir den Start von Weltenschiff 522 gestern Abend angeschaut?«

»Es ging gar nicht anders«, murmelte Orion. »Mein Vater hatte eine Feier mit dem Präsidenten organisiert, um das zehnjährige Jubiläum des NEP zu feiern. Er war total aufgedreht. Er glaubt, er könnte mit seinem Kolonisierungsprogramm die Welt retten.«

»Glaubst du es denn nicht?«

»Doch, doch, klar.«

»Das NEP hat es immerhin mehr als fünfhundert Millionen Menschen ermöglicht, ein besseres Leben zu beginnen.«

»Ja, unter der Bedingung, die Erde zu verlassen und sechs Lebensjahre mit der Reise zu verlieren. Ich weiß nicht, ob ich das könnte«, sagte Orion nachdenklich.

»Für uns kommt das ja auch nicht infrage! Wir sind Unantastbare. Keine …« Mit einer lässigen Geste wies sie auf die Menge, die sich immer weiter erregte.

Die Mitarbeiter der Lebensmittelausgabe des NEP weigerten sich, den Laster zu öffnen, solange die Leute sich nicht beruhigt hatten, doch das schien sie nur noch wütender zu machen.

»Oskar«, sagte Miranda, »können wir uns nicht irgendwie da durchdrängen? Sonst kommen wir schon das zweite Mal diese Woche zu spät.«

»Das wird schwierig, Miss Miranda.«

»Gebt uns was zu essen!«, rief ein Mann.

»Macht den verdammten Laster auf!«, brüllte ein anderer.

»Die haben wirklich keine Manieren«, murmelte Miranda empört. »Kein bisschen Anstand.«

»Bei allem Respekt, Miss Miranda, aber ich glaube, sie sind kurz vorm Verhungern.«

»Tja, dann sollen sie eben arbeiten! Fahren Sie, Oskar, die werden schon Platz machen.«

Oskar zögerte. Er hatte nicht die geringste Lust zu tun, was die hochnäsige Rotznase verlangte, die er jeden Morgen ertragen musste. Erstens, weil es gefährlich war, vor allem aber, weil er die Leute verstehen konnte. Andererseits wollte er seinen Job nicht verlieren, der ihn vor dem Schicksal der Unglückseligen auf der Straße bewahrte, denen es so schlecht ging, dass sie sich um ein paar Energieriegel prügelten.

Endlich öffneten sich die Türen des Lastwagens, und die Verteilung begann. Besser gesagt, das Aus-den-Händen-Reißen. Es wurde geschubst und mit Ellbogen gestoßen. Diejenigen, denen es gelang, einen Nahrungskarton zu ergattern, rannten davon, bevor Stärkere ihnen die Beute abnehmen konnten. Mehrere Personen stürzten und wurden gnadenlos von den anderen überrannt. Das alles dauerte nur wenige Minuten, dann schlossen sich die Türen wieder. Die Ration war aufgebraucht. Wutschreie ertönten. Wer nichts abbekommen hatte, wollte nicht mit leeren Händen nach Hause gehen.

»Das war's!«, rief der Lastwagenfahrer. »Wir haben nichts mehr.«

Aber die Hungrigen wollten ihm nicht glauben. Sie begannen, am Wagen zu rütteln, der gefährlich zu schwanken begann.

»Geben Sie Gas, Oskar!«, kreischte Miranda. »Wenn Sie einen dieser Wilden plattmachen, ist es auch egal!«

»Nicht nötig, Miss. Da ist schon die MP.«

Die motorisierte Polizei, bestehend aus Hightech-Robotern der Firma Parker, kam immer in Rekordzeit angebraust. Halb Motorrad, halb Humanoide, klappten die Roboter dann ihre Räder ein und bewegten sich auf zwei Beinen weiter. Sie waren schnell, stark und unerbittlich. Ihr Einsatz hatte die Arbeit der Polizei revolutioniert. Menschliche Einsatzkräfte waren nicht mehr nötig.

Fünf MPs versammelten sich um den Lastwagen. Einige Menschen schrien auf. Alle wussten, dass mit den Maschinen nicht zu spaßen war. Ihre Toleranz lag bei null, und ihre Neigung zur Überreaktion war allgemein bekannt.

»SIE WERDEN AUFGEFORDERT, DIE VERSAMMLUNG AUFZULÖSEN. IN EINER MINUTE BEGINNEN WIR MIT DEN FESTNAHMEN.«

In den Augen der Leute verwandelte sich Wut in Angst, und nach weniger als dreißig Sekunden hatte sich die Menschenmenge aufgelöst. Nur ein etwa zehnjähriger Junge klaubte noch ein paar Krumen auf, die auf den Boden gefallen waren, und verschlang sie direkt an Ort und Stelle. Ein Stück weiter saß eine alte Frau auf dem Bürgersteig und weinte. Nicht laut und demonstrativ – es waren stille Tränen der Verzweiflung, die ihr über die faltigen Wangen liefen. Einen Augenblick lang meinte Orion, den Blick dieser Frau durch die Scheibe zu spüren. Er hatte den Eindruck, dass sie ihm genau in die Augen sah. Ihm, dem Unantastbaren, dem Privilegierten, der sich am

Abend zuvor mit sündhaft teuren Häppchen den Bauch vollgeschlagen hatte, während sie buchstäblich am Verhungern war. Er wusste, dass das nicht möglich war. Sie konnte ihn durch die verspiegelten Scheiben nicht sehen. Und doch würde ihn ihr hoffnungsloser Blick noch nächtelang begleiten. Da war er sich sicher.

Oskar wartete, bis die MP weg war, dann fuhr er die wenigen Hundert Meter zur Schule. Sie waren zu spät.

Miranda und Orion steuerten auf den Eingang zu (für die Unantastbaren gab es keine Netzhautkontrolle, sie hatten ihren eigenen Eingang gegenüber den Klassenzimmern). Kurz vor der Tür blieb Orion unvermittelt stehen.

»Was ist los?«, fragte Miranda.

»Geh schon vor, ich komme gleich nach. Ich habe meinen Rucksack im Auto vergessen.«

Orion machte kehrt und konnte Oskar gerade noch abfangen. Seinen Rucksack vergessen, das sah ihm gar nicht ähnlich. Die Augen der alten Frau kamen ihm ins Gedächtnis, und er schauderte. Er warf seinen Rucksack über die Schulter und sprintete los, um Miranda einzuholen.

Gerade hatte er den Eingang passiert, da schoss ein Schatten um die Ecke des Gebäudes und stieß schwungvoll mit ihm zusammen. Er stieß einen Schrei aus und landete unsanft auf dem Hintern.

3

ISIS

»Die Schule ist ein Schutzraum, in dem die soziale Herkunft in den Hintergrund tritt und jeder Einzelne das Feld seiner Möglichkeiten erweitern kann.« So lautet das Motto unserer Schule. Das Motto gefällt mir. Nur leider sieht die Wirklichkeit komplett anders aus.

Ich glaube, ich bin noch nie im Leben so schnell gerannt. Zu spät zu kommen ist schrecklich. Ich biege um die Ecke und schwenke scharf nach rechts.

Autsch! Was war denn das?

Eigentlich war ich immer gut darin, Wegstrecken zu berechnen. Aber diesmal habe ich das Hindernis in meiner Bahn nicht gesehen. Ich sitze am Boden, und mir gegenüber sitzt ein anderer Schüler, der ebenfalls auf dem Hinterteil gelandet ist. Nicht so schlimm, könnte man meinen?

Tja, leider ist der Schüler nicht irgendwer. Er ist ein Unantastbarer. Der es bestimmt nicht toll findet, dass seine schöne weiße Uniform jetzt schmutzig ist. Ich mustere ihn und verkneife mir einen Fluch (ich fluche ständig, aber nie in der Schule). Noch dazu ist es nicht irgendein Unantastbarer. Es ist Orion Parker, der Sohn von Arthur C. Parker, dem reichsten Mann der Welt.

Automatisch huscht mein Blick von Orion zu dem Schild an der Wand des Gebäudes.

Es erinnert alle Schüler der Wasserquartiere daran, dass es ausdrücklich verboten ist, Körperkontakt mit einem Unantastbaren zu haben. Ich lese die roten Wörter:

Wer diese Regel missachtet, wird von der Schule verwiesen.

Ich atme stockend ein. Im Bruchteil einer Sekunde lösen sich meine Träume in Luft auf. Leb wohl, Traum von einer Wohnung auf festem Boden, von einem guten Job, von genug zu essen … Stattdessen werde ich von der Schule fliegen, weil ich Orion Parker berührt habe. Ich stelle mir vor, wie meine Eltern reagieren werden. Wie soll ich ihnen beibringen, dass ich alles vermasselt habe, nur weil ich meinen Wecker nicht gehört habe? Weil ich so lange gelernt habe, um die beste Note zu bekommen, so wie immer? Ich kann schon unsere Nachbarin mit ihren dummen Sprüchen hören: *Das Beste ist der Feind des Guten. Hättest du dich doch einfach mit einer guten Note zufriedengegeben! Ich habe ja schon immer gesagt, dass du auf der Schule der Reichen scheitern wirst.* Aber so bin ich nun mal. Ich hasse Niederlagen. Ich bin gerne die Beste, und ich tue alles dafür. Ganz egal, was die Nachbarin sagt. Und meistens ist Ehrgeiz ja auch etwas Gutes. Ich will nicht, dass Orion mich für weinerlich hält, trotzdem schießen mir Tränen in die Augen.

»Alles okay? Hast du dir wehgetan?«

Mein Gehirn decodiert nur mühsam seine Worte. Träume ich, oder hat er mich gerade gefragt, ob es mir gut geht? Das muss der Schock sein.

»Äh, nein, alles in Ordnung. Tut mir wirklich leid.«

Was soll ich auch sonst sagen? Ich habe einen Fehler gemacht und werde teuer dafür bezahlen.

Schon kommt Miranda angerauscht, diese Plage. Stimmt ja, die beiden kommen jeden Morgen zusammen in einem Auto, das vermutlich so viel kostet wie zehn Wohnungen auf festem Boden. Ich hasse dieses Mädchen. Sie ist schön, reich und hat eine strahlende Zukunft vor sich. Trotzdem ist sie hinterhältig, missgünstig und nur mittelmäßig in der Schule.

»Bist du verrückt geworden?«, schreit sie mich an. »Was fällt dir ein? Alles okay, Orion? Hat die Lumpensammlerin dir was getan?«

»Wir sind vor der Tür zusammengestoßen. Es war

meine Schuld«, erwidert Orion. »Ich habe nicht aufgepasst.«

»Deine Schuld? Blödsinn. Dafür kann sie von der Schule geworfen werden! Ich gehe sofort zum Direktor.«

»Nein!«

Ich verfolge verdattert diese surreale Diskussion. Hat Orion gerade Nein gesagt?

»Wie, nein? Du kannst doch nicht zulassen, dass diese Versagerin dich anfasst!?«, tobt Miranda. »Da hat sie schon das Glück, dieselbe Luft zu atmen wie wir, und dann ...«

»Nein. Hast du nicht gehört? Es war meine Schuld. Sie wird nicht von der Schule geworfen, und der Direktor wird nicht informiert.«

»Aber ...«

»Ich hasse es, wenn mir jemand vorschreiben will, was ich tun soll, Miranda. Du bist meine Freundin. Ich verlasse mich darauf, dass du meine Entscheidung respektierst. Gib mir dein Wort darauf.«

Miranda dreht sich zu mir und legt so viel Verachtung in ihren Blick, wie sie nur kann – und sie hat eine ganze Menge davon in ihrer schäbigen Seele auf Lager. Ich sehe ihr kurz in die Augen, dann senke ich den Blick.

»Gut, wenn es das ist, was du willst, gebe ich dir mein Wort, Orion. Aber ich warne dich, Isis Mukeba, wenn du es wagst, mich auch nur zwei Sekunden lang anzuschauen, sorge ich dafür, dass du und die anderen Grauen augenblicklich in eure Schimmelviertel zurückgeschickt werdet.«

Die Grauen, so nennen uns die Unantastbaren. Wegen der Farbe unserer Uniformen, aber nicht nur. Es ist auch die Farbe der Welt, in der wir leben. Der Smog ist überall, legt sich auf die Gebäude, die Straßen, sogar auf die Menschen. Die Einwohner der Wasserquartiere sind blass, und ihre Kleidung hat im Lauf der Jahrzehnte die Farbe verloren. Warum soll man auch bunte Sachen kaufen, wenn man die Farben ohne das Licht der Sonne sowieso nie richtig sieht? In der Water-Zone bin ich eine der wenigen, die versucht, sich fröhlich zu kleiden (zumindest, wenn ich nicht in der Schule bin). Ich weiß, dass die meisten aus unserem Viertel mich deshalb komisch anschauen, aber so bin ich nun mal. Es macht mir nichts aus, anders zu sein. Vielleicht ärgert sich Miranda aber auch nur über mein Aussehen. Ich habe lange schwarze Haare und einen goldenen Teint, der meine grünen Augen zur Geltung bringt. So, wie die meisten Jungs mich anschauen, würde ich mal sagen, ich bin ziemlich hübsch. Wenn Miranda glaubt, sie könne mich ärgern, indem sie mich eine Graue nennt, macht mir das nichts aus. Ich fühle mich alles andere als grau und habe jede Menge Farben in mir, die nur darauf warten, zum Vorschein zu kommen.

Orion rappelt sich auf und streckt mir, ohne nachzudenken, die Hand entgegen, um mir hochzuhelfen.

Doch das Schild mit der roten Schrift hat sich in mein Gehirn gebrannt: Einen Unantastbaren berührt man nicht. Mit einem entschuldigenden Lächeln stütze ich die Hände auf den Boden und stehe allein auf.

Wir eilen schweigend durch die Gänge zu unserem Klassenzimmer.

Der Lehrer wirft uns einen finsteren Blick zu, als wir nach dem Anklopfen eintreten.

»Wisst ihr, wie spät es ist?«, fragt er streng.

Dann fällt sein Blick auf Orion, und seine Miene wird milder.

»Es tut uns leid«, sagt der. »Wir sind durch einen Massenauflauf aufgehalten worden, wenige Straßen von hier.«

»Alle drei?«, fragt der Lehrer überrascht.

»Alle drei«, bestätigt Orion.

Der Lehrer würde sich niemals erlauben, Orion Parkers Worte infrage zu stellen.

Wir setzen uns schweigend auf unsere Plätze, die Unantastbaren auf der rechten Seite des Raums, ich auf der linken. Die Klassen sind offiziell gemischt, aber Weiß und Grau bleiben doch getrennt. Man kann ja nie wissen, ob Armut nicht doch ansteckend ist. Innerlich danke ich Orion Parker. Er hat mich heute Morgen gleich zweimal gerettet. Das hätte ich nie für möglich gehalten. Ich schiele zu ihm hinüber. Miranda durchbohrt mich mit ihrem Blick. Ein Glück, dass ihre Augen keine Laser sind, sonst würde sie mich auf meinem Stuhl pulverisieren. Kein Zweifel, ich habe mir heute keine Freundin gemacht.

4

ISIS

Ich habe New York noch nie verlassen. Reisen können nur die Reichen. Als ich klein war, hat mich das traurig gemacht, doch dann habe ich entdeckt, dass Bücher diesen Mangel ausgleichen können. Auf den Seiten von Büchern bin ich schon viele Male um die Welt gereist.

Nach der Schule laufen Flynn und ich zusammen nach Hause. Flynn ist eine lange Bohnenstange mit notorisch guter Laune. Seine zotteligen kastanienbraunen Haare reichen ihm bis auf die Schultern. Man könnte meinen, es sei für ihn eine Frage der Ehre, sich niemals zu kämmen. »Das ist meine wilde Seite«, behauptet er immer. Hinter seinem nachlässigen Auftreten versteckt sich ein hochintelligenter Junge. In Mathe ist er fast so gut wie ich. Fast. Aber das ist es nicht, worauf es ankommt. Flynn ist mein bester

Freund, ihm kann ich alles erzählen. Er ist für mich wie ein Bruder. Also, natürlich nicht wie mein richtiger Bruder, dieser Horrorwicht, der mir von früh bis spät die Existenz verpestet ...

»Da hast du heute ja noch mal Glück gehabt«, sagt Flynn.

»Kann man wohl sagen.«

»Die zweite Verspätung in einer Woche wäre bestimmt nicht einfach so durchgegangen.«

Als ich an meinen unheilvollen Tagesbeginn zurückdenke, kommt mir die Verspätung beinahe nebensächlich vor. Ich muss unwillkürlich lächeln.

»Hab ich was Komisches gesagt?«, fragt Flynn.

»Nein. Ich musste nur daran denken, was heute früh passiert ist. Ich bin mit Orion Parker zusammengestoßen, und er ist auf dem Hintern gelandet.«

»Machst du Witze?«

Ich berichte ihm haarklein von meinem Zusammenstoß mit Orion.

»Un-glaub-lich!«, sagt Flynn. »Wenn ich das den anderen erzähle ...«

»Gar nichts erzählst du«, unterbreche ich ihn.

»He, du erlebst die Story des Jahres und erwartest, dass ich mit niemandem darüber spreche?«

»Ganz genau.«

»Du bist echt hart, Immaculée-Sissy.«

Ich verpasse ihm einen Stoß gegen die Schulter.

»Autsch!«

»Du weißt, dass ich es hasse, wenn man mich so nennt.«

»Jep. Aber es macht nun mal solchen Spaß.«

»Es wird dir keinen Spaß mehr machen, wenn du Hilfe im Literaturkurs brauchst und ich dich durchrasseln lasse.«

»Das würdest du doch nie tun!«

Ohne es zu merken, sind wir in unserem Viertel angekommen. Trotz der gigantischen Wellenbrecher einen Kilometer vor der Küste ist das Meer heute unruhig, und unser kleines Universum schaukelt auf und ab.

»Oh nein, ich werde bestimmt wieder seekrank«, jammert Flynn, der nicht für das Leben auf dem Wasser gemacht ist.

Wir nähern uns der Hütte meiner Familie. Die Vorstellung, meinen kleinen Bruder bis zum Sonnenuntergang ertragen zu müssen, ist alles andere als verlockend. Also schlage ich Flynn vor, unserer Plantage einen Besuch abzustatten. Zwei Minuten später holen wir unser Boot aus dem Versteck und entfernen uns von den schwimmenden Quartieren.

Vor drei Jahren haben wir beim Durchstöbern verlassener Gebäude (man muss sich ja irgendwie beschäftigen) einen Durchgang zu einem überfluteten Haus gefunden. Auch die Passage war halb vom

Wasser bedeckt. Natürlich haben wir uns hindurchgewagt, auch wenn es bestimmt ziemlich unvorsichtig war. Auf der anderen Seite haben wir einen Schatz entdeckt: eine alte, vom Meer verschluckte Bibliothek. Der Großteil der Bücher war von Wasser und Salz zersetzt und nicht mehr zu gebrauchen, aber ein paar Regale waren verschont geblieben.

Das Internet verschafft uns Zugang zu Bergen von Informationen, viel mehr, als man in einem Menschenleben lesen kann, aber ich finde es viel besser, in einem echten Buch aus Papier zu blättern.

Flynn, geschäftstüchtig, wie er ist, hat schnell begriffen, dass unsere Entdeckung keinen müden Dollar wert war, und das Interesse daran verloren. Jeder sucht nach Mitteln und Wegen, seine Situation zu verbessern, und wir bilden da keine Ausnahme. Jeder Gegenstand aus den Ruinen des alten New York hat einen Verkaufswert. Und Verkaufswert heißt Nahrung. »Aber Bücher interessieren absolut niemanden mehr«, stellte Flynn pragmatisch fest.

Ich bin trotzdem oft in die Bibliothek zurückgekehrt. Es war eine besondere Bibliothek, die Bücher hatten alle etwas mit Ökologie, Wachstumsrückgang, Respekt für die Natur und so weiter zu tun, all diese Dinge, die die Menschheit nie hinbekommen hat. Wenn man den heutigen Zustand des Planeten sieht, könnte man meinen, dass sie sich doch ein bisschen dafür hätte interessieren sollen, statt Millionen von Menschen mit viel Aufwand an einen Ort zu verfrachten, der Lichtjahre von hier entfernt ist. Sage und schreibe dreißig Prozent des Planeten sind in weniger als einem Jahrhundert im Wasser versunken. Aber ich schweife ab.

In mehreren dieser alten Bücher habe ich Informationen dazu gefunden, wie sich Landwirtschaft mit einfachen Mitteln betreiben lässt. Eigentlich ging es dabei um Regionen, die man damals die Dritte Welt nannte, Länder in Afrika und Asien. Ich habe ordentlich gebüffelt und versteckt auf dem Dach eines verlassenen Hauses meine eigene kleine Plantage angelegt. Dabei habe ich mehrere Methoden ausprobiert, aber nur zwei haben wirklich funktioniert. Die erste nennt sich Aquaponik. Dabei setzt man ein paar Fische in ein Aquarium, mit dessen Wasser man die Pflanzen bewässert. Die Ausscheidungen der Fische dienen den Pflanzen als Dünger. Die Pflanzen wiederum filtern das Wasser, sodass es zurück ins Aquarium kann. So bekommt man schönes, saftiges Gemüse. Am Anfang hat Flynn sich die ganze Zeit über mich lustig gemacht. »Es ist unmöglich, Gemüse zu züchten, bei der Luftverschmutzung, der verseuchten Erde und dem sauren Regen! Das weiß doch jeder Vollidiot, Isis!«

Die größte Schwierigkeit war, an Gemüsesamen zu

kommen. Wir haben tagelang im Müll in der Nähe der Kuppel gewühlt, bis wir mehrere Gemüsesorten beisammen hatten, aus denen wir geduldig die Samen herausgepult haben. Das mit den Fischen war einfacher. Wenn man auf dem Wasser wohnt, ist die Fischerei ein alltäglicher Weg, um an ein paar Proteine zu kommen, auch wenn die Fische immer seltener werden. Mein Vater sagt, sie werden mit jeder Generation schlauer. Aber ich glaube, dass das Wasser einfach immer dreckiger wird und es immer weniger Fische gibt. Die Fische, die wir gefangen haben, haben wir in ein altes Aquarium aus einem verlassenen Haus gesteckt und über Monate jeden Tag eine Handvoll Erde aus den Blumentöpfen in der Schule mitgehen lassen.

Als mein System dann tatsächlich funktionierte und wir unser erstes Gemüse ernten konnten, war Flynn fassungslos. Nach und nach haben wir die Anlage immer weiter verbessert, und heute können wir mehrere Familien damit versorgen, zuallererst natürlich unsere eigenen.

Es gibt noch eine andere Methode, die funktioniert, doch dazu später mehr. Wir haben das verlassene Gebäude erreicht. In diesem Teil Manhattans lebt niemand mehr. Die Fundamente der Gebäude sind durch das Wasser brüchig geworden und können jeden Moment einstürzen. Hier zu wohnen ist daher verboten. Wir haben uns das Gebäude ausgesucht, das uns am stabilsten vorkam – und nicht ganz so hoch war, weil wir mit unserem Boot nur bis zur fünften Etage kommen. Danach geht es zu Fuß weiter.

Jedes Mal, wenn ich auf unsere kleine Farm komme, wie wir die Plantage nennen, habe ich Angst, dass jemand uns das kostbare Gemüse gestohlen oder, noch schlimmer, die Anlage zerstört hat. Nach zehn Stockwerken im Treppenhaus brennen meine Beine. Mit Flynn kommt man nicht ohne ein Wettrennen da hoch. Und meistens gewinnt er.

Ich stoße ein erleichtertes »Uff!« aus, als ich mich vergewissert habe, dass alles unversehrt ist. Eine wunderschöne reife Zucchini und zwei Tomaten erwarten uns.

»Die Ehre gebührt dir«, sagt Flynn.

Nachdem ich die Fische gefüttert habe, ernte ich das Gemüse und verstaue es vorsichtig in meinem Rucksack.

Dann machen wir es uns in den alten Liegestühlen bequem, die wir hier hochgeschleppt haben, und betrachten den Ozean. Die riesigen Wellenbrecher in der Ferne sollen die Launen des Wassers in Schach halten und den Seegang regulieren. Sie erinnern an gewaltige Haifischzähne, die geduldig darauf warten, dass eine ahnungslose Beute dahergeschwommen kommt. Hinter der schützenden Grenze sehe ich wilde Wellen und schäumende Gischt in den Himmel schlagen.

Ich schließe die Augen und stelle mir vor, wie die Welt im Sonnenschein aussehen würde. Besser gesagt, ich versuche es mir vorzustellen, denn weder Flynn noch ich haben die Sonne je wirklich gesehen, außer in Filmen.

Flynn nimmt meine Hand. Ich ziehe sie instinktiv weg, dann zwinkere ich ihm zu.

»Zeit, nach Hause zu gehen!«, sage ich.

Flynn war schon immer ein bisschen verliebt in mich. Ich habe ihn wahnsinnig gern, mehr aber auch nicht. Aber ich traue mich nicht, es ihm zu sagen. Ich möchte ihn nicht verletzen.

5

ISIS

Als ich mit der Zucchini und den beiden Tomaten nach Hause komme, rechne ich mit einer freudigen Begrüßung . Aber die Stimmung ist im Keller.

»Gibt es ein Problem?«, frage ich, als ich das lange Gesicht meines Vaters sehe.

Er senkt schweigend den Kopf. Meine Mutter antwortet an seiner Stelle.

»Dein Vater hat heute Morgen keine Arbeit bekommen«, erklärt sie.

Das ist schon das zweite Mal in dieser Woche. Keine Arbeit heißt kein Essen. Geld gibt es in unserem Slum schon lange nicht mehr. Die Arbeiter versammeln sich morgens auf dem Hauptplatz der Stadt und stehen an, damit die Arbeitgeber sie mit auf eine Baustelle oder in eine Fabrik nehmen. An guten Tagen bekommt jeder eine Arbeit und kann abends eine Ration Lebensmittel mit nach Hause bringen. Die Regierung nennt das »maximale Flexibilität«. Ich nenne das Sklaverei, was meinen Vater immer auf die Palme bringt. Aber heute Abend habe ich keine Lust auf eine Diskussion mit ihm. Er sieht zu niedergeschlagen aus. Mehr denn je ist mir bewusst, wie wichtig es für meine Familie ist, dass ich einen guten Schulabschluss mache. Ich muss uns alle aus diesem Elend herausholen. Ich werde mich noch mehr anstrengen, am besten noch einen zweiten Wecker stellen, und auf gar keinen Fall darf ich noch mal mit einem Unantastbaren zusammenstoßen. Wenn ich von der Schule fliegen würde, würde das meinem Vater den Rest geben, da bin ich sicher.

Plötzlich komme ich mir lächerlich vor mit meinem armseligen Gemüse. Ich lege es auf den Tisch. Meine Mutter wirft einen dankbaren Blick darauf. Immerhin bleiben unsere Mägen heute Abend nicht ganz leer.

»Glaubst du, morgen wird es besser?«, frage ich meinen Vater.

Er lächelt mich an.

»Natürlich, mein Schatz. Man muss mit Vertrauen in die Zukunft blicken, hat dein Großvater immer gesagt. Ein tapferer Mann, dein Großvater. Stark.«

So stark, dass er mit gerade mal fünfzig Jahren an Erschöpfung gestorben ist. Ich habe ihn kaum gekannt. So soll mein Vater nicht enden.

»Verdammte Roboter«, knurre ich.

»So darfst du nicht reden, Isis. Das ist der Fortschritt, das ist alles.«

Seit ein paar Jahren sind die Roboter so gut, dass sie nach und nach alle menschlichen Arbeitskräfte ersetzen. Mit körperlich schweren, aber eher einfachen Tätigkeiten hat es im Lauf des letzten Jahrhunderts angefangen. Mittlerweile arbeiten die Maschinen aber genauso gut, wenn nicht sogar besser als Menschen. Wie soll man mit Blechmännern mithalten, die rund um die Uhr schuften, ohne sich je zu beschweren? Es gibt also immer weniger Arbeit für immer mehr Arbeitskräfte. Und die Fabrikleiter erwarten von den Arbeitern, dass sie so schnell arbeiten wie die Maschinen. Es kommt nicht selten vor, dass ein Arbeiter vor Erschöpfung aufs Fließband kippt.

»Morgen gehe ich zur Essensausgabe vom NEP«, sagt meine Mutter.

»Nein, Sandra«, widerspricht mein Vater. »Ich weiß doch, welche Angst du davor hast. Die Leute schrecken vor nichts zurück, nur um einen lausigen Energieriegel zu ergattern. Es ist zu gefährlich. Morgen stehe ich früher auf. Dann bekomme ich auf jeden Fall etwas.«

Ich höre meine Mutter seufzen. Früher. Heute Nacht hat sein Wecker um drei Uhr geklingelt. Noch früher geht es kaum.

»Hattest du einen guten Tag, mein Schatz?«, wechselt mein Vater das Thema.

»Äh, ja. Ja, sehr gut.«

Ich bin eine schlechte Lügnerin, aber niemand merkt es, also macht es nichts. Wie soll ich ihnen auch erzählen, dass ich um ein Haar von der Schule geflogen wäre?

»Ich glaube, der Mathetest ist ganz gut gelaufen.«

»Sehr schön«, sagt mein Vater. »Sehr schön.«

»Ich habe auch eine gute Neuigkeit«, verkündet meine Mutter.

Alle Köpfe drehen sich zu ihr.

»Tante Lily hat ihre jährliche Botschaft geschickt!«

Zach lässt seine Bauklötze liegen und kommt zu uns in die Küche, wo es schon zu dritt ziemlich eng ist. Tante Lily. Ich habe nur vage Erinnerungen an sie, und nicht nur gute. Lily ist die ältere Schwester meiner Mutter. Als ich klein war, hat sie mich immer in die Wange gekniffen und behauptet, ich sei brillant. Sie war glückliche Gewinnerin einer der ersten Lotterien des NEP vor zehn Jahren. Sie, ihr Mann und ihr Sohn James haben ein Ticket nach New Earth gewonnen. Seit über drei Jahren lebt sie jetzt auf dem neuen Planeten, und jeden Sommer bekommen wir eine Nachricht von ihr. Das NEP musste die private Kommunikation zwischen der Erde und ihrem entfernten Zwilling stark einschränken, weil sie angeblich extrem hohe Kosten verursacht. Ich habe noch nie verstanden, wie die Übertragung von Informationen überhaupt etwas kosten kann, aber ich muss zugeben, dass ich mich mit den Einzelheiten der Raumfahrt auch nicht besonders gut auskenne.

Meine Mutter öffnet die Nachricht auf dem Monitor, der durch eine Solarzelle auf dem Dach unserer Baracke betrieben wird. Ich ertappe mich dabei, dass ich hoffe, dass der gespeicherte Strom nicht ausreicht, damit uns Tante Lilys Geschwafel über ihr Glück erspart bleibt, während wir hier fast verhungern.

Der kurze Film ähnelt dem vom letzten Jahr. Lily ist ein bisschen älter geworden. Sie hat zugenommen. Das droht uns jedenfalls nicht. Dann zeigt Lily uns Bilder von ihrer Farm, ihren Tieren, ihrem Sohn James, der verdammt groß geworden ist. Man sieht ihn mit nacktem Oberkörper beim Holzhacken. Groß und stark ist er. Irgendetwas irritiert mich, aber ich kann nicht sagen, was es ist. Ich runzle die Stirn. Plötzlich habe ich das Gefühl, dass es wichtig ist. Aber sosehr ich mir auch den Kopf zerbreche, ich komme nicht drauf. Lily strahlt, ihr Mann auch. Meine Mutter hat Tränen in den Augen.

»Können wir es noch mal sehen?«, bittet Zach.

»Ich geh ins Bett«, brumme ich.

»Aber Isis ... Wir haben doch noch gar nicht gegessen«, protestiert meine Mutter.

»Keinen Hunger. Außerdem hab ich noch Hausaufgaben.«

Das stimmt natürlich nicht. Weder das mit dem Hunger noch das mit den Hausaufgaben. Mein Magen jault, aber ich denke an meinen kleinen Bruder und an meine Eltern. Sie hatten heute keine warme Mahlzeit wie die, die ich in der Schulkantine hinuntergeschlungen habe. Deshalb überlasse ich ihnen wenigstens unsere kargen Vorräte. Ich kann morgen wieder in die Kantine gehen.

Und auf keinen Fall schaue ich mir noch ein zweites Mal Folge drei von *Tante Lily im Glück* an. Nicht mal unter Folter.

6

ISIS

Ich muss die Beste sein. Besser als die anderen, schneller verstehen, immer als Erste fertig sein. Das schulde ich meinen Eltern und allen Kindern der Water-Zone, die nie in die Schule gehen werden.

Ein neuer Schultag beginnt. Ich habe das Gefühl, dass mein Magen brüllt, so einen Hunger habe ich, aber ich lasse mir nichts anmerken. Ich sehne das Mittagessen herbei. Wie vielen Schülern aus den Wasserquartieren es wohl so geht? Ich blicke zu den Unantastbaren hinüber. An ihren runden Wangen und entspannten Gesichtern ist gut zu erkennen, dass sie meine Sorgen nicht teilen. Plötzlich merke ich, dass Orion mich ansieht. Er lächelt. Ich drehe mich um, überzeugt, dass jemand – Flynn zum Beispiel – hinter meinem Rücken Mätzchen macht. Aber Flynn folgt aufmerksam dem

Unterricht. Unwillkürlich will ich Orions schüchternes Lächeln erwidern, doch im letzten Moment halte ich mich zurück.

Was ist denn plötzlich los? Ich werde mich doch nicht mit dem Feind verbünden.

Ich kann mir Flynns Gesicht vorstellen, wenn er mich dabei erwischt, wie ich einen Unantastbaren anlächle. Er würde mir glatt die Augen auskratzen. Aber Orion Parkers Verhalten verwirrt mich. Führt er irgendwas im Schilde? Bei den Unantastbaren muss man auf alles gefasst sein. Das ist die Regel. Ich denke an das harte Leben meines Vaters, an unsere kargen Mahlzeiten, unsere zusammengeflickte Behausung. Das alles ist die Schuld von Menschen wie Orion. Menschen, die uns ausnutzen, um sich ihr kleines Paradies zu bewahren. Ich habe keine Lust mehr zu lächeln. Mein Wutspeicher ist plötzlich wieder randvoll. Darüber vergesse ich fast, wie hungrig ich bin. Die Stimme des Lehrers tritt in den Hintergrund. Dabei ist es gar nicht meine Art, dem Unterricht nicht zu folgen. Ich muss mich wieder konzentrieren.

Der Lehrer ist eine Vertretung, da Ms. Glayer krank ist. Ich hätte nie gedacht, dass diese große, starke Frau, die aussieht wie aus Stein gemeißelt, überhaupt krank werden kann. Der Vertretungslehrer ist schon seit zwei Tagen da. Er heißt Van Duick. Komischer Name. Gut, auch nicht schlimmer als Immaculée-Sissy. Er ist klein, noch ziemlich jung und spielt beim Reden die ganze Zeit an seinen Hemdknöpfen herum. Scheint eine Art Tick zu sein. Am Anfang fand ich es ziemlich nervig, aber ich habe mich daran gewöhnt. Er hat sehr kurze Haare, beinahe kahl rasiert, und ein freundliches Gesicht mit durchdringenden Augen. Wenn er mich ansieht, habe ich das Gefühl, er könnte Gedanken lesen. Und schon dreht er sich zu mir. Ich spüre, dass meine Wangen heiß werden, und halte die Luft an. Hat er erraten, dass ich gerade über ihn nachgedacht habe?

»Miss Mukeba, herzlichen Glückwunsch!«, sagt Van Duick. »Sie haben in Ihrem Mathetest 96 Prozent bekommen. Sie machen Ihrem Viertel alle Ehre. Ich habe Ihnen allen die Ergebnisse gerade geschickt, Sie können sie sich jetzt ansehen.«

Ich fange wieder an zu atmen. Van Duick kann keine Gedanken lesen. Schnell fahre ich mit dem Finger über mein elektronisches Pult, und der Bildschirm wird hell. Ich gehe meine Lösungen durch und suche nach den fehlenden vier Prozent. Die Fehler sind rasch entdeckt, und ich schwöre mir, sie nicht zu wiederholen.

»Der Durchschnitt liegt bei 75 Prozent«, erklärt Van Duick.

Am Rand meines Pults erscheint eine Kurve. Sie zeigt die Ergebnisse der Klasse an. Während der Lehrer spricht, lässt die künstliche Intelligenz seines Computers alle nötigen Informationen auf unseren Bildschirmen erscheinen. Das ist sehr praktisch. Ich frage mich oft, wie der Unterricht im letzten Jahrhundert wohl aussah. In alten Dokumentarfilmen habe ich gesehen, dass die Schüler Stifte und Papier benutzten. Das wäre heutzutage undenkbar, bei den wenigen Bäumen, die es noch gibt.

Als ich mir die Kurve genauer ansehe, merke ich, dass ich nicht die beste Note habe. Ein anderer Schüler war besser als ich. Ich klicke auf die Tabellenspalte 95–100 %. Der Computer nennt mir zwei Namen. Meinen eigenen und den von Orion Parker. Er ist einen Prozentpunkt besser als ich: 97 Prozent. Automatisch drehe ich mich zu ihm um. Zu meiner Überraschung sieht auch er mich an und zieht die Schultern hoch.

Wie gerne würde ich ihm das kleine siegessichere Lächeln vom Gesicht wischen! Der Typ hat keine Vorstellung, was es für mich bedeutet, die Beste zu sein. Bessere Noten als die Unantastbaren zu bekommen ist meine einzige Chance, mir eines Tages einen Platz unter ihresgleichen zu erarbeiten und meine Familie aus den Wasserquartieren herauszuholen.

Und dann ist da noch etwas anderes … Jedes Mal, wenn ich die beste Note bekomme, sehe ich, wie die selbstzufriedenen und verachtungsvollen Blicke der Unantastbaren sich trüben. Ich bin der Kiesel in ihrem Schuh, das Sandkorn, das ihre Sicherheit zersetzt. Ich bin der Beweis, dass man intelligent sein kann, auch wenn man nicht aus den Kuppeln kommt. Aber heute hat Orion Parker mir dieses Vergnügen genommen.

Ich spüre seinen Blick im Nacken, aber ich wage es nicht, mich noch einmal umzudrehen. Was heckt er aus?

»Genug der Mathematik für heute«, sagt Van Duick. »Ich möchte den Rest des Tages für eine verlängerte Projekteinheit nutzen.«

Ich spitze die Ohren. Still auf einem Stuhl herumzusitzen entspricht überhaupt nicht meiner Natur, und ich sehne immer die praktischen Arbeiten herbei. Egal, ob sportlich, kulturell oder künstlerisch, die Projekteinheiten sind eine Gelegenheit, das Pult zu verlassen und sich ein bisschen zu bewegen. Gebannt lausche ich den Worten des Lehrers.

»Diese Projekteinheit ist etwas speziell. Sie ist eine persönliche Initiative, die es in dieser Form, glaube ich, noch nie gab. Es handelt sich um ein Projekt der Kategorie ›sozial‹.«

Ein soziales Projekt? Was soll das denn sein? Nie gehört. Zum Glück – oder Unglück – führt er es gleich aus:

»Ich habe bemerkt, dass unter den Schülern dieser Klasse und auch an der ganzen Schule eine gewisse Feindseligkeit herrscht.«

Augenblicklich schießt eine Hand in die Luft. Sie gehört Miranda.

»Ich weiß nicht, wovon Sie sprechen, Sir. Wir verstehen uns alle super.«

»Würden Sie mich bitte ausreden lassen, Miss Bergson?«, erwidert der Lehrer. »Ich habe Spannungen zwischen den Schülern aus den Quartieren und den Schülern aus der Kuppel bemerkt.«

Gemurmel erhebt sich. Natürlich gibt es Spannungen. Das ist sogar noch untertrieben. Wir hassen uns leidenschaftlich.

»Ich vermute, dass diese Spannungen in erster Linie auf Vorurteile zurückgehen, vielleicht aber auch auf die Struktur unserer Schule, durch die Sie während des Unterrichts und der Aktivitäten systematisch getrennt werden. Ich möchte Sie alle daran erinnern, dass die gemischten Schulen dazu dienen sollen, eine Verbindung zwischen den Bevölkerungsgruppen zu schaffen – und nicht das Gegenteil. Das Ziel dieser Projekteinheit ist simpel: Jeder Schüler aus der Kuppel schreibt einen Aufsatz, in dem er die Vorstellung, die er von den Wasserquartieren hatte, mit der Wirklichkeit abgleicht, die er in der Projekteinheit kennenlernt. Für die Schüler aus den Quartieren funktioniert es umgekehrt. Auch die Organisation ist einfach: Nach dem Mittagessen nimmt die Hälfte der Schüler aus den Quartieren einen ihm zugeteilten

Schüler mit nach Hause. Die andere Hälfte begleitet einen Klassenkameraden in die Kuppel.«

Aus dem Gemurmel wird lautstarker Protest.

»Aber das geht doch nicht!«, schreit einer der Unantastbaren. »Sie wollen, dass wir die Grauen mit in die Kuppel nehmen? Das ist gesetzlich verboten!«

»Ich habe eine Sondergenehmigung.«

»Die Unantastbaren können in ihren weißen Uniformen doch nicht mit ins Quartier kommen«, wendet ein Grauer ein, der in einem Turm neben der Water-Zone wohnt. »Die werden sofort abgemurkst.«

»Es ist für alles gesorgt«, sagt der Lehrer ruhig. »Ich habe zusätzliche Uniformen beschafft. Heute werden also einige von euch die Farbe wechseln.«

Van Duick weiß gar nicht, wie recht er damit hat. Miranda ist so wütend, dass sie rot wird wie die Tomaten, die auf meiner kleinen Farm wachsen.

»Bis morgen verfasst jeder eine Zusammenfassung des Nachmittags. Und ich möchte darauf hinweisen, dass der Aufsatz benotet wird und in der Gesamtwertung doppelt zählt. Und das sind die Teams: Flynn und Miranda, Sie gehen in die Kuppel. Catherine und Andréa, Kuppel. Orion und Isis, Wasserquartiere ...«

Ich würde am liebsten im Boden versinken. Orion Parker soll mich in die Water-Zone begleiten? Das ist Selbstmord. Dieser Van Duick muss zu viele Grünalgen geraucht haben. Er fährt mit seiner Aufzählung fort, ohne sich um die Protestrufe zu kümmern, die immer lauter werden. Mein Gehirn läuft auf Hochtouren. Welcher Tag ist heute? Dienstag. Ausgerechnet Dienstag … Ich frage mich, wie ich das hinkriegen soll. Eins aber weiß ich sicher: Die nächsten Stunden werden die schwierigsten meines bisherigen Lebens.

Mein Magen erinnert mich daran, dass ich seit 24 Stunden nichts gegessen habe. Es läutet. Während ich Van Duick und seine bescheuerte Idee verfluche, trabe ich mit den anderen zur Cafeteria. Natürlich reden alle nur über eins: das soziale Projekt.

7

FLYNN

»Kommst du jetzt, oder bist du festgewachsen?«

Flynn seufzte. Er schwamm förmlich in seiner viel zu weiten Uniform und kam sich lächerlich vor. Seine größte Sorge war, dass einer seiner Kumpel aus der Water-Zone ihn so sehen könnte. Zum Glück hatten sie den Weg zur Kuppel in Mirandas Wagen zurückgelegt. Ohne ein Wort zu wechseln. Flynn warf ihr einen kurzen Blick zu. Von allen Unantastbaren musste er ausgerechnet mit ihr den Projektnachmittag verbringen. So ein Pech. Er machte sich auf das Schlimmste gefasst.

Sobald sie den Kontrollposten hinter sich gelassen hatten, war der Wagen stehen geblieben. Miranda war ausgestiegen und gab ihm nun herrische Zeichen, dasselbe zu tun. Langsam folgte er ihr.

»Jetzt sind wir also drin«, sagte Miranda. »Und,

freust du dich, dass du die Kuppel von innen sehen darfst?«

Unter anderen Umständen hätte Flynn ihr eine saftige Antwort gegeben, doch er konnte den Blick nicht vom Himmel lösen. Besser gesagt, von den riesigen Monitoren, die die Illusion eines klaren Himmels mit zarten Schäfchenwolken entstehen ließen.

»Mach den Mund zu. Du siehst aus, als hättest du ein Gespenst gesehen.«

Flynn biss die Zähne zusammen, doch es fiel ihm schwer, die Augen von dieser perfekten Täuschung abzuwenden. Schließlich senkte er den Blick und ließ ihn über die Landschaft schweifen. Von außen war die Kuppel nur eine gigantische Halbkugel mit einem Durchmesser von mehr als zehn Kilometern. Ihr Gipfel war so hoch, dass er sich im Smog verlor. Mit der Zeit hatte er gelernt, dieses finstere Bauwerk zu ignorieren, das die ganze Stadt überragte. Aber er hätte sich nie träumen lassen, dass es im Inneren so hell war.

»Wir laufen ein bisschen, damit du dich umschauen kannst«, erklärte Miranda.

Flynn folgte ihr. Überall war es sauber und ordentlich. Keine Schlaglöcher, kein Müll, dafür jede Menge Pflanzen. Noch nie im Leben hatte Flynn so viel Grünzeug gesehen. Die mickrigen Bäumchen, die es außerhalb der Kuppel gab, hätten neben diesen hier eine schlechte Figur abgegeben. *Isis würde ausflippen,* dachte er. *Sie würde bestimmt versuchen, ein paar Samen zu klauen.*

»Ist was komisch? Warum lächelst du?«, fragte Miranda.

»Nichts, nichts. Ich musste nur an jemanden denken. Es ist wirklich schön hier.«

»Dabei hast du noch gar nichts gesehen. Das hier ist das Viertel der Funktionäre. Ich wohne weiter oben, auf dem Hügel.«

»In dem Schloss da?«

»Nein. Da wohnt Orion.«

»Ah.«

Miranda war verärgert. Sie wohnte nicht im größten Haus, na und? Flynn fand sie lächerlich. Konnte sie sich nicht über das freuen, was sie hatte?

Als sie an einem Grundstück vorbeikamen, das von einer hohen Hecke umrahmt wurde, war ein Bellen zu hören, und Flynn zuckte zusammen.

Ein Hund!, dachte er. Er hatte ewig keinen mehr gesehen. In den Wasserquartieren war alles, was man essen konnte, schon vor langer Zeit verschwunden. Sogar Ratten landeten im Kochtopf. Hier dagegen hatten die Leute nicht nur genug Geld, um ihren eigenen Hunger zu stillen, sondern konnten auch noch Tiere ernähren. Es war eine andere Welt. Eine Frau trat an die Hecke.

»Hallo«, sagte Flynn.

»Hallo«, erwiderte die Frau lächelnd.

Mit ihren langen schwarzen Haaren und den Mandelaugen war sie eine echte Schönheit.

»Hör auf zu sabbern«, zischte Miranda und stapfte weiter. Flynn eilte ihr hinterher, wobei er sich noch einmal nach der Frau umdrehte. Sie sah wirklich toll aus. Nicht so schön wie Isis, natürlich, aber doch sehr hübsch.

»Warum hast du sie nicht gegrüßt?«, fragte Flynn, den Mirandas Unhöflichkeit überraschte.

»Eine Bedienstete? Sonst noch Wünsche?«

Flynn war erstaunt. Eine Bedienstete? *Bei den Reichen sind sogar die Dienstmädchen schön*, dachte er. Je länger sie durch die Straßen zogen, desto schwächer wurde sein Staunen, und ein Gemisch aus anderen Gefühlen machte sich breit. Neid, zuallererst, das musste er zugeben. Neid auf jene, die das Glück hatten, hier zu leben … Aber auch mehr Verständnis dafür, wie die Bewohner der Kuppeln tickten. Mit einem Mal verstand er, warum die Leute um keinen Preis nach draußen zurückkehren wollten. An ihrer Stelle hätte er ein solches Privileg ebenfalls bis aufs Blut verteidigt. Aber er war nun mal nicht an ihrer Stelle. Immerhin hatte er es in die gemischte Schule geschafft und somit zumindest die Chance, eines Tages genug zu verdienen, um sich eine kleine Wohnung in der Kuppel zu leisten. Oder er könnte wenigstens hier arbeiten, das wäre auch schon nicht schlecht.

Er hatte erwartet, dass er an diesem Ort sehr wütend werden würde, und war überrascht, dass er nur eine leichte Resignation und sogar einen Hauch von Optimismus fühlte. Er hatte andere Dinge zu bedauern als sich selbst, sagte er sich, während er die wundersamen Dinge bestaunte, die im Schutz der Kuppel gediehen.

»Wir sind gleich da«, sagte Miranda. »Ich habe ein paar Freunde eingeladen.«

Am Pool in Mirandas Garten vergnügten sich bereits zwei Jungen und ein Mädchen in ihrem Alter und hatten sichtlich ihren Spaß. Miranda drückte Flynn eine Badehose in die Hand und zeigte auf eine kleine Hütte, in der er sich umziehen sollte. Drinnen begutachtete Flynn perplex das kleine Stoffstück. Da der Ozean nur noch eine gigantische Müllkippe war, hatte Flynn nie schwimmen gelernt. Aus diesem Grund war er vom wöchentlichen Schwimmunterricht freigestellt und hatte noch nie eine Badehose angezogen. Doch da ihn Mirandas freundlicher Empfang positiv überrascht hatte – immerhin hatte sie ihn sogar mit zu sich nach Hause genommen –, wollte er nicht undankbar sein. Also beschloss er, das komische elastische Höschen anzuziehen. Es saß ganz schön eng. Vielleicht trug man das in der Kuppel so? Er wickelte sich ein Handtuch um die Hüfte und zuckte die Schultern. *Na ja, im Wasser sieht man es ja nicht*, dachte er.

Er verließ die Hütte und schlenderte zu Miranda und ihren Freunden hinüber, die ihn am Rand des türkisblauen Wassers erwarteten.

»Baden wir?«, fragte Miranda.

Schon flogen die Handtücher durch die Luft, und Mirandas Freunde liefen zum Becken. Flynn war ganz in das Gefühl des Grases unter seinen nackten Füßen vertieft, das ungewohnt, aber angenehm war. Doch ihm entging nicht, dass die anderen nicht so sonderbare Badehosen hatten wie er selbst. Die beiden Jungs trugen Shorts und Miranda und ihre Freundin perfekt sitzende Bikinis, die ihre makellosen Körper bestens zur Geltung brachten.

»Kommst du?«, rief Miranda.

»Mir ist nicht nach Baden«, erwiderte Flynn, der keine Lust hatte, sich lächerlich zu machen.

Doch Miranda ließ nicht locker. Sie kam zu ihm hinüber und zog an seinem Handtuch. Brüllendes Gelächter ertönte. Flynn war vor Schreck wie erstarrt. Schon knipste Miranda ein Foto mit ihrem Tablet und tippte darauf herum.

»Fertig!«, sagte sie grinsend. »An das soziale Netzwerk der Kuppel geschickt.«

»Und wie lautet die Bildunterschrift?«, fragte ihre Freundin kichernd.

»Die graue Bademode: Knappe Mittel – knappe Höschen!«, kreischte Miranda lachend.

Flynn kochte. Er hatte sich das Handtuch wieder geschnappt und hielt es schützend vor sich. Aber das half ihm jetzt auch nichts mehr. Er hätte sich vor Miranda in Acht nehmen sollen. Dieses Miststück hatte ihn bloßgestellt, im wahrsten Sinne des Wortes. Ganz kurz erwog er, ihr eine gigantische Ohrfeige zu verpassen, doch er besann sich schnell eines Besseren. Sie war eine Unantastbare und er ein Grauer. Die blütenweiße Uniform, die Van Duick ihm geliehen hatte, änderte daran nichts. Wenn er die Hand gegen Miranda erhob, würde er von der Schule fliegen.

Mit gesenktem Kopf ging er in die Hütte zurück und zog sich wieder an, wobei er sich fragte, was er in seinem Bericht schreiben sollte. Er konnte nur hoffen, dass Isis diesem verdammten Orion Parker das Leben genauso zur Hölle machte.

Draußen ertönte eine erwachsene Stimme.

»Miranda? Bist du nicht in der Schule?«

Flynn hörte, wie Miranda ihrer Mutter den sozialen Projektnachmittag erklärte.

»Was? Ein Grauer in der Kuppel? In unserem eigenen Garten?«, kreischte Mrs. Bergson los. »Ist dein Lehrer verrückt geworden?«

8

ISIS

Wohin ich auch schaue, überall sehe ich altersschwache Gebäude, ausgemergelte Gesichter und eine Welt im Dauernebel. Der Smog, der über dem Planeten liegt, hüllt alles ein und greift mit seinen klebrigen Fingern nach jedem noch so winzigen Fleckchen. Ich mühe mich ab, etwas Farbe in diesem ewigen Grau zu finden. Meistens sind die Lichtblicke auch nur hellgrau, aber sogar das ist schon viel.

»Komische Idee, dieses Sozialprojekt, findest du nicht?«

Ich betrachte Orion Parker und zucke die Schultern.

»Wenn es dem Lehrer Spaß macht. Und, worüber wirst du deinen Aufsatz schreiben?«, frage ich.

»Kommt drauf an.«

»Worauf?«

»Darauf, ob du mir weiter nur das zeigst, was ich jeden Tag aus dem Auto sehen kann, oder ob du mich mit in dein Universum nimmst.«

»In mein Universum.« Ich runzle die Stirn. »Mach dir keine Mühe, du kannst hier ganz normal reden. In der Water-Zone gibt es keine Noten für mündlichen Ausdruck.«

Orion ist ungerührt. Seine Gelassenheit nervt ganz schön.

»Ich würde die Gelegenheit gerne nutzen, um zu sehen, wie ihr lebt«, fügt er hinzu. »Ich glaube nicht, dass ich so bald wieder die Chance haben werde. Wahrscheinlich wäre mein Vater nicht begeistert davon, mich ohne Leibwächter hier zu sehen.«

Ich mustere ihn aufmerksam. Er ist groß, gut gebaut, aber kein Muskelpaket, und er hat schöne blaue Augen. Seine graue Uniform steht ihm ziemlich gut. Mein Blick gleitet zu seinen sündhaft teuren Schuhen, die mich wieder daran erinnern, dass dieser Junge keiner von uns ist.

»Und warum willst du wissen, wie wir leben?«

»Um mich in eure Lage zu versetzen. Um zu verstehen, warum ihr manchmal so aggressiv seid.«

»Aggressiv?«, wiederhole ich. »Machst du Witze? *Ihr* seid *uns* gegenüber aggressiv. Ihr betrachtet uns wie Abschaum, ihr stolziert in euren weißen Uniformen umher, ihr bekommt besseres Essen als wir ...«

»Aber nur, weil unsere Mägen nicht die gleiche Nahrung gewohnt sind wie eure.«

»Ja klar. Und ihr gebt nur Schwachsinn von euch.«

Während wir hitzig debattieren, führe ich Orion ins Herz der Water-Zone. Manchmal ist der Zwischenraum zwischen den dicht gedrängten Hütten so eng, dass wir hintereinandergehen müssen.

»Hier waren wir schon mal!«, stellt Orion fest. »Es ist ein echtes Labyrinth, das stimmt, aber langsam reicht es mir.«

»Na schön. Was willst du dann sehen?«

»Zum Beispiel, wo du wohnst.«

»Du willst zu mir? Du meinst ... zu mir nach Hause?«

Orion nickt.

Ich überlege. Ich habe überhaupt keine Lust, ihm unsere Hütte zu zeigen. Nur damit er seinen Freunden erzählt, dass ich mir ein winziges Zimmer mit meinem Bruder teile und dass das Zimmer meiner Eltern so klein ist, dass sie beim Schlafen sowohl mit den Füßen als auch mit den Köpfen an die Wand stoßen?

»Nein, unmöglich«, sage ich.

»Dann zeig mir euren Markt. Wo ihr euer Essen kauft. Es gibt doch einen, oder?«

Der Markt. Warum nicht? Um diese Uhrzeit sollte es dort nicht allzu gefährlich sein.

»Gut. Komm mit.«

Wir verlassen das Wohnviertel der Water-Zone und

steuern Richtung Handelsquartier. Unterwegs kommen wir an mehreren Verkaufsständen vorbei, die Möbel oder Kleidung aus Recyclingmaterial anbieten, das die Händler entweder aus dem Müll der Kuppel oder aus den Ruinen des alten New York zusammengetragen haben. Orion schaut sich aufmerksam um. Fast könnte man meinen, dass ihn dieser bunt zusammengewürfelte Krempel zum Staunen bringt. Endlich kommen wir auf dem Marktplatz an: einer großen schwimmenden Fläche, wo die wenigen Händler, die Lebensmittel zu verkaufen haben, ihre Stände aufstellen. Es gibt Hühner für die Reichen und sonst vor allem Fisch und Algen.

»Puh, das stinkt!«, stellt Orion fest und hält sich die Nase zu.

Ich muss lachen. Sein Gesichtsausdruck ist wirklich komisch ... und ausnahmsweise bin ich sicher, dass er mir nichts vormacht. Der Fisch, der auf dem Markt angeboten wird, ist selten frisch. Außerdem gibt es kein Eis zum Kühlen, und das bei 35 Grad ... den Geruch kann man sich vorstellen.

Orion lacht ebenfalls.

»Wenn du lachst, wirkst du nicht mehr so kalt, Isis Mukeba.«

»Und weniger grau?«, gebe ich zurück.

»Heute bin ich auch grau, wenn ich dich erinnern darf.«

»Nur äußerlich.«

Ich erkläre ihm das kleine Wirtschaftssystem, das sich in diesem Viertel entwickelt hat. Er stellt einen Haufen Fragen, die ich zu beantworten versuche. Scheinbar ist er wirklich interessiert. Und er ist nett zu den Leuten, die uns begegnen. Zugegeben, das erleichtert mich. Ich hatte Angst, er würde sich aufspielen. Eigentlich habe ich sogar ziemlich viel Spaß mit ihm. Als wir uns auf den Rückweg ins Wohnquartier machen, bemerke ich ein paar Jugendliche, die uns unverhohlen beobachten.

»Wer sind die Typen, die da neben der Brücke rumhängen?«, frage ich einen alten Algenverkäufer.

»Weiß ich nicht«, sagt er. »Die hängen schon den ganzen Nachmittag hier rum. Hab sie vorher nie gesehen. Müssen aus einem anderen Quartier kommen.«

Ich zwinkere ihm zu, und er zeigt mir beim Lächeln alle Zähne ... also alle, die er noch hat.

»Hier in der Ecke gibt's wohl keinen Zahnarzt«, versucht sich Orion an einem Witz.

Aber ich kann nicht darüber lachen. Erstens, weil ihm seine Überheblichkeit vermutlich gar nicht bewusst ist. Und zweitens, weil die schrägen Typen, die mir aufgefallen sind, zu uns rüberkommen. Was die wohl wollen? Haben sie Orion erkannt?

»Lass uns verschwinden«, sage ich, ohne auf seinen blöden Spruch einzugehen.

Orions Gesicht verdüstert sich, und er folgt mir. Ich nehme ein paar Umwege, um die Verfolger abzuschütteln, und nutze die Zeit, um einen Blick auf die Uhr zu werfen. Meine Güte! Der Nachmittag ist ja wie im Flug vergangen. Ich muss Orion schleunigst loswerden, sonst komme ich zu spät.

Wir erreichen einen kleinen Platz, der von etwas höheren Gebäuden umgeben ist. Nur die Reicheren unter uns – oder die weniger Armen, kommt auf die Perspektive an – haben dieses Privileg: Häuser aus echten Holzbohlen mit mehreren Etagen. Als ich gerade in eine schmale schwimmende Gasse einbiegen will, versperrt mir ein großer dunkelhäutiger Typ den Weg. Ich erkenne ihn. Er war gerade bei den komischen Jungs mit dabei. Ich drehe mich zur Seite, um einen anderen Weg einzuschlagen, aber, Überraschung, da steht schon jemand. Wir sind umzingelt.

»Hallo, Jungs«, sage ich. »Habt ihr euch verlaufen?«

Einer von ihnen kommt näher. Er ist klein, hässlich wie eine Laus und in Lumpen gekleidet, die fast so sehr stinken wie die Fischschuppen auf dem Markt.

»Sehen wir so aus?«

»Na ja, von hier seid ihr nicht. Deshalb dachte ich, ihr könntet vielleicht Hilfe gebrauchen.«

Der Kleine lacht los.

»Die ist 'ne echte Komikerin, Jungs!«

»Was wollt ihr?«, funkle ich ihn wütend an.

»Wir mögen keine Leute, die sich mit Unantastbaren abgeben ... wenn du verstehst, was ich meine.«

Mein Herz hämmert in meiner Brust. Wie können sie wissen, dass Orion ein Unantastbarer ist? Ich sehe schon den Haufen Probleme vor mir, den ich bekommen werde, wenn ihm etwas passiert.

»Coole Treter«, sagt der große Dunkelhäutige und schaut Orion an.

Da macht es bei mir klick. Sie wissen nicht, wer Orion ist. Sie haben nur unsere Uniformen erkannt. Ihnen passt nicht, dass wir auf die gemischte Schule gehen.

»Gib ihm deine Schuhe«, befehle ich Orion, als ich in der Hand des Anführers eine Klinge aufblitzen sehe.

Orion wendet sich ruhig an mich.

»Habe ich nicht schon mal erwähnt, dass ich es nicht mag, wenn man mir sagt, was ich tun soll?«

»Willst du etwa den Oberschlauen spielen?«, fragt der Anführer.

»Hört mal, noch könnt ihr euch verziehen«, versuche ich es anders. »Sonst macht euch schon mal darauf gefasst, dass meine Freunde aus der Water-Zone euch finden und teuer bezahlen lassen.«

»Uhhhhhh, ich sterbe vor Angst! Halt besser die Fresse, Süße. Um dich kümmere ich mich gleich noch. Bist ja eigentlich ganz niedlich.«

Orion macht einen Schritt nach vorne. Was soll das? Er hat seine Bodyguards nicht dabei!

»Ich zähle jetzt bis drei«, sagt Orion. »Du kannst doch bis drei zählen? Schön, man kann ja nie wissen. Ich werde nur diese beiden Finger benutzen«, fügt er hinzu und hält den Daumen und Zeigefinger seiner rechten Hand in die Höhe. »Und auf drei werde ich dir damit so wehtun, dass du noch Stunden lang heulen und dir wünschen wirst, du wärst uns nie begegnet. Bist du immer noch sicher, dass du meine Schuhe haben willst?«

Der Typ entblößt die Zähne wie ein Hund, der gleich zuschnappt. Fehlt nur noch, dass er geifert. Puh, keine Ahnung wie Orion aus dieser Nummer heil wieder rauskommen will.

»Eins …«

Die Spannung steigt ins Unermessliche.

»Zwei …«

Ein durchdringender Schrei ertönt. Der kleine Gangster lässt sein Messer fallen und krümmt sich vor Schmerz. Hinter ihm stehen seine Komplizen und zögern. Sie wissen nicht, was passiert ist, aber sie haben keine Lust, das Schicksal ihres Anführers zu teilen.

»Komm«, sagt Orion, nimmt meine Hand und zieht mich durch die schwimmenden Gassen.

Wir rennen wie die Verrückten. Die Bande folgt uns nicht.

Atemlos bleibe ich vor einer Brücke stehen, um zu verschnaufen. Orion tut es mir gleich. Er steht so dicht neben mir, dass wir uns fast berühren. Das fühlt sich komisch an. Wäre ich mit Flynn zusammen, hätte er mir jetzt auf den Rücken geklopft oder High Five gegeben.

»Wie hast du das gemacht?«, frage ich und versuche, mein Unbehagen zu überspielen.

»Wusstest du nicht, dass ich zaubern kann?«

»Ha-ha.«

»Eine Selbstverteidigungskapsel. Mein Vater hat mir verboten, ohne die Dinger das Haus zu verlassen. Ich fand das übertrieben, aber als braver Sohn habe ich immer eine an meinem Schlüsselanhänger.«

Er zeigt mir das kleine Objekt, das er benutzt hat. Es ist eine Kugel von wenigen Millimetern Durchmesser.

»Wenn man sie zwischen Daumen und Zeigefinger drückt, wird ein extrem starkes Nervengift freigesetzt.«

»Und mit dem Ding hast du … Oh Mann, Orion Parker …«

»Zeigst du mir jetzt, wo du wohnst?«

»Träum weiter.«

Wir kehren zum Eingang der Water-Zone zurück. Unterwegs begegnen uns ein paar Typen, die ich kenne, und ich erzähle ihnen von unserer üblen Begegnung. Sie ziehen gleich los, um Verstärkung zusammenzutrommeln. Wenn unsere Angreifer schlau sind, verkrümeln sie sich schnell.

Ich werfe noch einen Blick auf die Uhr.

»He, ist es so langweilig, einen Nachmittag mit mir zu verbringen?«, fragt Orion.

»Äh ... nein«, stottere ich. »Es ist nur ... dienstags habe ich immer einen Termin, zu dem ich nicht zu spät kommen darf.«

»Einen Termin?«

»Ja. Einen wichtigen.«

»Und dieser Termin kommt nicht im Bericht vor?«

»Dieser Termin kommt nicht im Bericht vor, weil der Berichtschreiber nie erfahren wird, um was für einen Termin es sich handelt.«

»He, ich hab dir gerade das Leben gerettet! Oder zumindest fast ...«, wendet Orion ein.

»Ich glaube kaum, dass die *mir* das Leben nehmen wollten«, gebe ich zurück.

»Nein, stimmt. Dafür wollten sie was anderes von dir«, kontert er.

Seine blauen Augen bohren sich in meine. Diesmal halte ich seinem Blick stand. Die Worte verlassen meinen Mund, bevor ich sie daran hindern kann.

»Schwörst du mir, dass du niemandem davon erzählst?«

»Du hast mein Wort.«

9

ISIS

Armut ist ein schleichendes Gift, das die Blumen am Erblühen hindert. Ihr Schatten legt sich auf die Hoffnungen der Menschen und nimmt ihnen den Glauben an eine bessere Zukunft. Armut ist der Vorort des Todes.

Bevor ich ins Boot steige, vergewissere ich mich, dass niemand uns beobachtet. Dann winke ich Orion zu mir.

»Ganz schön geheimnisvoll bei euch«, sagt er. »Das Leben in der Kuppel ist nicht so aufregend.«

»Tja, das kommt wohl auf den Standpunkt an«, erwidere ich, während ich uns mit kräftigen Ruderschlägen aus der Water-Zone hinausmanövriere.

»Kann ich dir helfen?«

Ich nicke.

»Wenn jeder ein Ruder nimmt, sind wir schneller.«

Anfangs sind unserer Bewegungen unkoordiniert, und das Boot ändert ständig die Richtung. Wenn das mit Flynn passiert, macht es mich wahnsinnig – aber heute stört es mich nicht. Ich finde es sogar witzig. Warum, weiß ich selbst nicht. Wir fahren eine ganze Weile im Zickzack-Kurs und grinsen uns an wie Idioten. Irgendwann schafft Orion es dann, seinen Rhythmus an meinen anzupassen, und das Boot gleitet wendig zwischen den Gebäuden hindurch. Ich sehe, dass die Höhe der Wolkenkratzer ihn beeindruckt.

»Wahnsinn, dass all diese Häuser mal voller Menschen waren …«, sagt er nachdenklich.

»Ist aber schon eine ganze Weile her«, entgegne ich.

2080 hat sich wegen der Erderwärmung am Südpol eine riesige Eislawine gelöst. Das Eis wurde in wärmere Gewässer getrieben und ist dabei stetig geschmolzen. Milliarden Liter Wasser. Die Klimaforscher hatten einen Anstieg des Meeresspiegels um ein paar Dutzend Zentimeter pro Jahr vorhergesagt, aber dann waren es über zwanzig Meter in weniger als sechs Monaten. Millionen Menschen standen plötzlich mit den Füßen im Wasser. Es gab Aufstände und Kriege, da Ströme von Migranten auch ein Stückchen festen Boden für sich beanspruchten. Dann kam der Hunger. Eine Milliarde Tote. Die Epidemien schlugen zu wie seit Jahrhunderten nicht mehr. Eine zweite Milliarde Menschen, die dahingerafft wurden. Zu dieser Zeit wurde das System der Kuppeln entwickelt. Abgeschlossene Räume, die vor den zu hohen Temperaturen, Krankheiten und Hunger schützen sollten – Räume für die Privilegierten. Alle anderen mussten sich anpassen.

Ich mustere Orion. Er scheint in Gedanken versunken zu sein.

»Vergiss das Rudern nicht«, sage ich. »Wir sind spät dran.«

Wir verdoppeln unsere Anstrengungen, und nachdem ich mich erneut vergewissert habe, dass uns niemand folgt, steuere ich das Boot zu einem schmalen verborgenen Anleger im Inneren eines überfluteten Wolkenkratzers. Es ist ein ehemaliges Bürogebäude, man kann noch die Trennwände zwischen den einzelnen Arbeitsplätzen erkennen. Überdimensioniert und finster ragt es über uns auf.

»Wer da?«

»Isis.«

»Und dein Begleiter?«

»Ein Freund. Er ist in Ordnung.«

Ein Junge erscheint auf einem Vorsprung. Das Wasser steht so hoch, dass sein Kopf fast bis an die Decke reicht. In den Händen hält er ein Gewehr. Ich sehe, dass Orion zusammenzuckt.

»Entspann dich, Orion. Es ist alles okay.«

»Was ist das hier?«, flüstert er.

»Das wirst du gleich sehen.«

Nach einer Kletterpartie über mehrere Stahlträger erreichen wir eine Treppe.

»Sie warten schon auf dich«, sagt der Typ mit dem Gewehr. »Wer ist dein Freund?«

»Keiner, der Probleme macht«, erwidere ich.

Der Wächter nickt, lässt Orion aber nicht aus den Augen. Wir erklimmen zwei Treppen und landen schließlich in einem großen Hörsaal.

Als ich eintrete, wird es sofort still. Orion schaut sich nervös um. In dem Raum sind etwa hundert Kinder zwischen sechs und sechzehn Jahren. Sie sind abgemagert, haben Narben und zum Teil furchterregende Gesichter. Es gibt kleine und große, schmächtige und kräftige – nur keine dicken, dank der Zwangsdiät. Auch ihre Hautfarben reichen von fast durchscheinend zu nachtschwarz. Ihre einzige Gemeinsamkeit ist, dass alle bewaffnet sind. Ein riesenhafter Junge löst sich aus der Gruppe und begrüßt mich mit Verbeugung und Handkuss.

»Lass den Quatsch, Hasard«, sage ich. »Darf ich dir Orion vorstellen? Er wird heute zuschauen.«

»Deine Freunde sind meine Freunde«, sagt Hasard und reicht Orion die Hand.

Mein Herz setzt kurz aus. Fast hätte ich vergessen, dass Orion ein Unantastbarer ist. Ich hoffe, dass er einschlägt, denn ich weiß nicht, wie Hasard eine Zurückweisung aufnehmen würde. Glücklicherweise ergreift Orion ohne Zögern seine Hand.

Hasard hebt einen Arm, der ausgestreckte Zeigefinger deutet zur Decke, und alle Kinder suchen sich schweigend einen Platz.

Ich bedeute Orion, es ihnen gleichzutun, dann gehe ich in die Mitte des Raums.

»Heute«, beginne ich, »ist Geschichte dran. Wir werden über den Zweiten Weltkrieg reden.«

Ich sehe, dass Orion große Augen bekommt, doch ich lasse mich nicht aus dem Konzept bringen. Ich bin hier, um zu unterrichten. Fast eine Stunde lang erläutere ich historische Fakten, dann können die Kinder Fragen stellen. Sie sind diszipliniert, aufmerksam und sehr interessiert. Orion steht der Mund offen.

Am Ende der Stunde zerstreuen sich die Kinder in alle Himmelsrichtungen. Viele von ihnen bedanken sich bei mir. Schließlich sind nur noch Orion, Hasard und ich übrig.

»Beeindruckend«, sagt Orion.

»Ganz meine Meinung«, stimmt Hasard zu.

»Wer sind die ganzen Kinder?«, fragt Orion.

»Straßenkinder«, erwidere ich. »Ihre Eltern sind tot oder zu krank oder arm, um sich um sie zu kümmern.«

»Oder zu kaputt vom Algenrauchen«, fügt Hasard hinzu.

»Und du bist ihr Boss?«

»Könnte man so sagen. Aber hier läuft alles demokratisch«, sagt Hasard. »Isis hat uns erklärt, wie wichtig Demokratie ist. Jedes Jahr wählen wir einen Anführer.«

»Und sie haben dich gewählt.«

»Reiner Zufall«, grinst er.

»Woher kommt eigentlich dein Name? Das heißt doch Zufall auf Französisch, oder?«

»Ja, und der Zufall hat auch eine große Rolle in meinem Leben gespielt. Ich wurde im Müll gefunden, rein zufällig, als ich etwa einen Monat alt war. Der Typ, der dort nach Essen gesucht hat, hat es nicht über sich gebracht, mich liegen zu lassen, und mich bei sich aufgenommen. Zwei Jahre später ist er an der Schweinegrippe gestorben. Üble Sache, sag ich euch. Mit zwei Jahren war ich also mutterseelenallein auf der Welt. Ihr könnt euch ausrechnen, wie in unserem Viertel die Chancen auf eine Adoption standen. Aber ein Junge, der selber erst sechs war, hat sich in den Kopf gesetzt, mich durchzubringen. Er hat das Essen, das er sich hier und da zusammengeklaut hat, mit mir geteilt und sich um mich gekümmert, bis ich zehn war.«

»Und war er heute auch hier, dieser Held?«

»Der ist ein paar Jahre später gestorben«, sagt Hasard nüchtern. »Er wollte einen Fisch klauen und wurde erschlagen. Mit einer Eisenstange. An dem Tag habe ich begriffen, dass ich schneller und schlauer als alle anderen sein muss, wenn ich überleben will. Beinahe wäre ich dabei draufgegangen. Ein kleiner Junge, wie ich es war, allein auf der Straße, das ist hart. Aber die Leute hatten genug damit zu tun, ihre eigenen Kinder durchzufüttern. Also haben sie so getan, als würden sie mich nicht sehen. Jeden Tag wurde ich magerer.«

»Aber die Geschichte geht gut aus«, wirft Orion zaghaft ein.

»Als ich am Ende meiner Kräfte war, habe ich begriffen, dass niemand mir helfen würde. Ich habe ein Boot gestohlen und bin raus zu den verlassenen Türmen gefahren. Dort zu sterben kam mir besser vor, als in einer dunklen Gasse zu verrecken. Als ich müde wurde, bin ich in eins der Gebäude eingebrochen, um zu schlafen. Ein altes Hotel. Ich habe überall nach Nahrung gesucht. Aber es waren schon andere vor mir da gewesen. Aus Verzweiflung habe ich beschlossen, tauchen zu gehen, um zu sehen, ob unter Wasser nicht noch was zu holen war. Und ich hatte ein Riesenglück. Ich bin auf das Vorratslager des Hotels gestoßen, sechs Meter unter Wasser. Hunderte Konservendosen … das nenne ich mal einen Zufall!«

»Ein Wunder«, sagt Orion, den die Geschichte sichtlich gefesselt hat.

»Du sagst es. Ich dachte mir, wenn ich so ein Glück habe, muss das einen guten Grund haben. Also suche ich, seit ich alt genug bin, alle verlorenen Kinder zusammen. Ich helfe ihnen, so wie meine Retter mir geholfen haben.«

»Und welche Rolle spielt Isis dabei?« Hasard grinst.

»Isis? Die ist unsere Glücksbringerin. Eines Tages hat sie hier herumgeschnüffelt und uns gefunden. Wir haben lange diskutiert, und sie hat mir erklärt, wie wichtig es ist, dass meine verlorenen Kinder etwas lernen. Am Anfang war ich nicht überzeugt, aber heute bin ich es mehr denn je.«

»Ich fürchte, wir müssen jetzt los«, sage ich und sehe Orion an.

Wir verabschieden uns von Hasard und kehren zum Boot zurück. Den ersten Teil der Strecke rudern wir schweigend. Ich frage mich, warum Orion nichts sagt, aber ich bohre nicht nach. Schweigen ist mir auch recht. Da können die Gedanken unverhoffte Wege gehen.

»Es ist unglaublich, was du da machst«, sagt er schließlich. »Unglaublich und wunderbar.«

Ich zucke mit den Schultern.

»Ich war immer schon der Meinung, dass man Lösungen für einen Haufen Probleme finden kann, wenn jeder seinen Teil beiträgt. Das Leben hier hat mich eins gelehrt, Orion: dass nichts unmöglich ist.

Alles ist schwierig, aber nichts ist unmöglich. Du hast ja gerade selbst Hasards Geschichte gehört.«

»Und was braucht es deiner Meinung nach, damit die Dinge besser laufen?« Ich muss nur wenige Sekunden überlegen.

»Was das Klima betrifft, glaube ich nicht, dass man noch viel ausrichten kann. Es wurde zu lange gewartet, und jetzt ist der Planet krank. Aber was den Rest angeht, könnte man so viel tun. Nehmen wir zum Beispiel das Problem mit der Nahrung.«

»Das NEP gibt regelmäßig Lebensmittel aus«, sagt Orion.

Ich lächle bitter.

»Nur ein Tropfen auf dem heißen Stein. Das Problem ist, dass die Leute sich auf diese Ausgaben verlassen, statt zu versuchen, sich selbst zu versorgen.«

»Aber der saure Regen hat die Erde ausgewaschen! Nur unter den Kuppeln können Lebensmittel angebaut werden.«

»Ich habe es auch geschafft, Gemüse anzubauen. Es reicht, die Pflanzen vor dem Regen zu schützen und sie zu düngen.«

»Und woher bekommst du deinen Dünger?«

»Aquaponik.«

»Aqua was?«

Ich erkläre ihm das Konzept. Aber ich kann ihm ansehen, dass er skeptisch ist.

»Na schön, Mr. Oberschlau, ich werde dir beweisen, dass es geht!«, sage ich und ändere die Richtung.

Beim Rudern frage ich mich, was Flynn von meinem Vorhaben halten würde. Ich bin dabei, einen Unantastbaren mit in unser Heiligtum, unseren geheimen Garten zu nehmen… Er darf es niemals erfahren!

Orions Augen treten fast aus ihren Höhlen, als er unser Gemüse sieht. Er steht lange Zeit vor dem Aquarium und bestaunt die Leitungen, als müsste irgendein Hexenwerk dahinterstecken. Mit den Fingerspitzen betastet er die Zucchini und nickt. Dann nähert er sich dem zweiten Beet, in das ich meine ganzen Hoffnungen gesetzt habe.

»Das hier ist aber keine Aquaponik, oder?«, fragt er und beugt sich über die mickrigen Tomaten.

»Nein, das ist ein anderes Prinzip. Anfang des 21. Jahrhunderts hat ein Typ namens Pascal Noot die Theorie aufgestellt, dass Pflanzen sich auf natürliche Weise anpassen können. Man überlässt sie quasi sich selbst. Man lässt sogar das Unkraut stehen.«

»Aber das widerspricht doch allen Regeln der Produktivität!«, wendet Orion ein.

»Im ersten Jahr schafft die Pflanze es kaum zu überleben und bildet nur winzige Früchte. Deren Samen muss man ernten. Im zweiten Jahr sind die Früchte schon ein bisschen kräftiger. Ich bin jetzt bei der vierten Generation, und die Tomaten haben ihre Größe verdreifacht. Ich denke, noch drei oder vier Jahre, dann haben wir Saatgut für Gemüse, das wirklich essbar ist, und das alles, ohne zu düngen. Die Pflanze passt sich nach und nach an ihre Umwelt an. Man muss nur Geduld haben, sie vor dem sauren Regen schützen und der Natur vertrauen.«

»Und wie kommt es, dass die Methode von diesem Pascal Irgendwas nie weiterentwickelt wurde?«

»Zu der Zeit haben die großen Landwirtschaftskonzerne alles dafür getan, dass seine Theorie nicht bekannt wurde. Sie haben ihn unter irgendeinem Vorwand verklagt, und am Ende war er ruiniert. Sie hätten ihre Pestizide und Düngemittel nicht mehr verkaufen können. So haben die Konzerne gewonnen, und der Planet hat verloren.«

Orion widerspricht nicht. Ein Blick in den grauen Himmel genügt, um ihn zu überzeugen. Als wir zurückrudern, sehe ich, dass er wieder in seine Gedanken versunken ist. So kann ich ihn unverhohlen mustern. Je mehr Zeit ich mit ihm verbringe, desto sympathischer wird er mir. Das Grau steht ihm gut. Er gehört zu den Menschen, die ein inneres Feuer haben, das alles andere überstrahlt.

»Und was würdest du vorschlagen, um zu verhindern, dass der Hunger die Menschen zur Revolte treibt?«, fragt er nach einer Weile.

Ich seufze.

»Das größte Problem ist die Arbeit«, sage ich und denke an meinen Vater. »Die allermeisten Menschen wollen einfach nur arbeiten. Aber jeden Tag ersetzen mehr und mehr Roboter die menschlichen Arbeitskräfte. Sie sind produktiver. Die Arbeitslosigkeit erstickt die Familien. Wenn es so weitergeht, wird die Revolte nicht mehr lange auf sich warten lassen. Jedenfalls nicht, wenn nicht wöchentlich zehnmal mehr Menschen nach New Earth geschickt werden …«

Orion antwortet nicht. Er denkt nach.

Unser Ausflug neigt sich dem Ende zu. Als ich daran denke, dass wir morgen wieder in der Klasse sitzen werden, er auf seiner Seite, ich auf meiner, durch eine unsichtbare Linie getrennt, spüre ich einen kleinen Stich im Herzen. Ich frage mich, ob es ihm auch so geht. Eigentlich ganz schön grausam von Van Duick, uns ein paar Stunden zu geben, um uns näherzukommen, nur um uns hinterher wieder zu trennen.

Nachdem wir das Boot festgemacht haben, begleite ich Orion bis zur Kuppel. Wir sprechen nicht. Das lange Schweigen könnte unangenehm sein, aber ich fühle mich wohl mit ihm. Dann kommt der Moment des Abschieds, und jetzt sind wir beide verlegen. Also, ich zumindest. Wir können uns nicht mal die Hand geben, geschweige denn uns zum Abschied umarmen.

»Mach's gut«, sage ich.

»Danke«, erwidert er. »Danke für alles. Ich hätte gerne mehr Zeit mit dir verbracht.«

Unsere Blicke treffen sich. Ich drehe mich um, aber ich spüre, dass er mir nachschaut.

Der Rückweg zu unserer Baracke kommt mir viel länger vor als sonst. Ist das Grau der Water-Zone mit einem Mal dunkler geworden?

10

ORION

Der nächste Morgen

»Und, wie war der Tag mit der Streberin?«, fragte Miranda, kaum dass sie ins Auto gestiegen war.

»Wie war's denn bei dir?«, gab Orion nur zurück.

»Du kannst dir gar nicht vorstellen, was wir für einen Spaß hatten. Es war einfach zu komisch! Am Anfang war ich total nett zu ihm, um sein Vertrauen zu gewinnen. Du hättest sehen müssen, wie er alles angeglotzt hat! Als er unseren Wald gesehen hat, wäre er fast in Ohnmacht gefallen. Dann sind wir zu mir nach Hause gegangen, um im Pool zu baden. Ich habe ihm dafür die Badehose von meinem kleinen Bruder gegeben, die ihm ungefähr hundert Nummern zu klein war. Tran, Sam und Alice waren auch da. Als er sein Handtuch abgenommen hat, haben wir uns bestimmt zwanzig Minuten schlappgelacht. Hier, schau mal.«

Miranda schaltete ihr Tablet ein und zeigte Orion das Foto von Flynn in der lächerlich kleinen Badehose.

»Siebenhundert Likes an einem Abend! Ich glaube, das ist mein Rekord. Wahnsinn, was?«

»Wahnsinn«, murmelte Orion.

Er hatte nach dem aufregenden Nachmittag mit Isis kaum geschlafen, und es fiel ihm schwer, wieder in der Realität anzukommen. Dieser Nachmittag würde sich nicht wiederholen. Er war ein Ausbruch aus seinem monotonen Leben gewesen, ein kurzer Abstecher, der nichts an der Zukunft ändern würde, die seine Eltern schon vor seiner Geburt für ihn geplant hatten. Die Leitung des Firmenimperiums Parker zu übernehmen war wie eine Thronfolge. Die Verantwortung würde vom Vater auf den Sohn übergehen, und der würde sich extrem dumm anstellen müssen, um die Goldgrube nicht weiter auszuschöpfen. Von seiner frühesten Kindheit an war Orion darauf vorbereitet worden, das Unternehmen zu führen. Zusätzlich zur Schule hatte er jede Woche zehn Stunden Privatunterricht: Unternehmensrecht, internationales Konfliktmanagement und Debattierkunst – nicht gerade das, was einen Fünfzehnjährigen in Begeisterung versetzt.

Seine Gedanken wanderten zu Isis. Er konnte nicht leugnen, dass sie ihm unglaublich gut gefiel. Ihre funkelnden grünen Augen, ihre tolle Figur, ihr goldener Teint und ihre feinen Gesichtszüge erzeugten wirklich eine unwiderstehliche Mischung! Natürlich war sie ihm schon vorher aufgefallen. Es wäre auch schwer gewesen, eine der wenigen Schülerinnen zu ignorieren, die ihn regelmäßig überflügelte. Aber er hatte nie etwas anderes in ihr gesehen als eine Graue, die um jeden halben Punkt für ihre Note kämpfte und fest entschlossen war, ihrem Schicksal zu entkommen. Aber die Isis, die ihm nach ihrem Zusammenstoß vor der Schule am Boden gegenübergesessen hatte, war anders. Verletzlicher, menschlicher. Und der halbe Tag, den er mit ihr verbracht hatte, hatte diesen Eindruck noch verstärkt. Besser gesagt, erweitert. Ihre außergewöhnliche Persönlichkeit war sogar noch beeindruckender als ihr Aussehen.

Das genaue Gegenteil von Miranda, die sich immer noch abfällig über Flynn ausließ – dass er ausgesehen hatte wie ein geschlagener Hund, was er in ihrem Haus alles angefasst hatte und wie lange sie hinterher alles desinfizieren musste. Miranda hatte den Titel einer Unantastbaren mehr als verdient. Nichts konnte ihr Herz rühren. Falls sie überhaupt eins hatte. Schwer zu sagen, ob hinter der Fassade aus Dummheit und Arroganz noch etwas anderes verborgen war.

»Hörst du mir überhaupt zu?«, fragte sie.

»Äh ... Klar«, erwiderte Orion mit etwas Verzögerung. »Du hast gerade gesagt, dass deine Mutter von der ganzen Sache nicht so begeistert war.«

»Das ist noch untertrieben. Sie hat sich beim Schuldirektor beschwert, kaum dass Flynn weg war, und ...«

Ein Stein, der von der Scheibe des Autos abprallte, unterbrach ihren Redeschwall.

»Was ist da los, Oskar?«, fragte Miranda. »Werden wir angegriffen?«

»Sieht so aus, Miss, aber keine Angst, in diesem Auto sind Sie sicher.«

»Aber warum wirft jemand Steine auf uns?«

»Machen Sie sich keine Gedanken, Miss. Das sind nur ein paar dumme Jungen, weiter nichts.«

»Dann müssen wir die MP rufen, damit sie dem ein Ende setzen!«

»Ach, das lohnt sich nicht, die sind schon wieder weg.«

»Orion?«, sagte Miranda empört, in der Erwartung, dass er sie unterstützen würde.

Doch Orion sah sie nicht an.

»Was für eine bescheuerte Idee, die Schule in den Wasserquartieren zu bauen!«, wetterte Miranda. »Es wäre alles viel leichter, wenn sie in der Kuppel wäre.«

»Das ist eine Frage des Prinzips, Miranda«, sagte

Orion, während er den Blick durch die Straßen wandern ließ. »Es ist ein Zeichen an die Bewohner der Wasserquartiere, dass wir zusammenleben können und dass ihre Kinder einen Platz bei uns haben.«

»Pffff! Totaler Blödsinn, wenn du mich fragst.«

»Weißt du, wenn sie wollten, könnten die Grauen jederzeit unsere Kuppel stürmen und unsere perfekte kleine Welt zerstören«, sagte Orion.

»Was? Du spinnst wohl! Die Roboter würden sie kurz und klein hacken.«

»Die ersten vielleicht. Aber sie sind hundert Mal mehr als wir, Miranda. Kannst du dir das vorstellen? Unsere Kuppel steht noch, aber nur aus einem einzigen Grund: weil sie noch nicht verzweifelt genug sind, um uns anzugreifen. Und weißt du, warum?«

Miranda zuckte mit den Schultern. Ihr gefiel die Wendung des Gesprächs nicht. Orion redete weiter:

»Weil wir ihnen kleine Hoffnungsschimmer geben. Die Hoffnung, etwas zu essen zu ergattern, die Hoffnung, auf die gemischte Schule zu kommen, und vor allem die Hoffnung, nach New Earth zu reisen. Aber ich habe das Gefühl, dass die Wut in den Straßen immer größer wird …«

»Du bist echt schräg drauf, Orion. Was ist denn mit dir los? Fast könnte man denken, du wärst auf ihrer Seite.«

Mirandas letzte Bemerkung ließ Orion zusammenzucken. Sie hatte ihn durchschaut. Wenn sie seinem Vater davon erzählte, würde das unangenehme Konsequenzen haben. Er musste ihr etwas vorspielen.

»Anderes Thema«, sagte er. »Du wolltest doch wissen, wie mein Nachmittag gestern war.«

»Ich sterbe vor Neugier.«

»Leider kann ich dich nicht überraschen. Die Grauen sind genau so, wie ich erwartet habe. Analphabeten, die keine drei Wörter aneinanderreihen können. Aber das Schlimmste, Miranda, das Schlimmste ist der Geruch. Es stinkt wie die Pest. Wenn man in ihr Viertel kommt, hat man ständig das Gefühl, Hundescheiße zu riechen. Hundescheiße, die man nicht finden wird, weil sie sie essen.«

»Die Scheiße?«

»Nein, die Hunde.«

»Sie essen Hunde?«

»Ja, sie essen alles, was sie erwischen können. Sogar Ratten.«

»Igitt, wie eklig! Und Mukeba, wie ist die?«

»Isis?«

Orion suchte nach Worten. Es fiel ihm viel schwerer, schlecht über Isis zu sprechen, als die Klischees zu wiederholen, die er Tausende Male über die Wasserquartiere gehört hatte.

»Sie ist ... langweilig«, log er. »Farblos, ohne Ideen, so grau wie der Himmel, unter dem sie wohnt. Ihr einziges Ziel ist es, gut in der Schule zu sein, damit sie mal Hausmädchen bei uns in der Kuppel werden kann.«

»Erbärmlich!«, krähte Miranda zufrieden. »Aber alles andere hätte mich auch überrascht.«

11

ISIS

Als ich mich an mein Pult setze, kann ich nicht anders, als mich zu Orion umzudrehen. Er lächelt mich an. Ein einfaches Lächeln, aber gut und gerne die Nahrungsration einer ganzen Woche wert. Flynn rammt mir den Ellbogen in die Seite.

»Au! Spinnst du?«, zische ich.

»Hast du keinen Sinn für Humor mehr?«, gibt er zurück.

Sinn für Humor – so ein Idiot. Das gibt auf jeden Fall einen blauen Fleck.

»Träume ich, oder hast du den Typen gerade angelächelt?«, fügt er hinzu.

Bevor ich etwas erwidern kann, öffnet sich die Tür, die den Lehrern vorbehalten ist. Wir erheben uns schweigend und warten auf die Erlaubnis, uns wieder zu setzen. Zur allgemeinen Überraschung tritt nicht

Van Duick ein, sondern der Schuldirektor höchstpersönlich.

»Guten Morgen, bitte setzen Sie sich. Ab heute übernehme ich den Unterricht, bis Ms. Glayer wieder da ist. Mr. Van Duick ist mit sofortiger Wirkung entlassen. Er wurde vom Bildungsministerium freigestellt. Sein pädagogisches Konzept hat nicht zu unserer Schule gepasst und übrigens auch zu keiner anderen.«

Eine Hand hebt sich zaghaft.

»Und unsere Aufsätze über den sozialen Projektnachmittag?«

»Das ist Schnee von gestern. Sie können die Berichte von Ihren Tablets löschen. Im Namen der Schule möchte ich mich bei allen Schülern entschuldigen, die von diesem Projekt verstört worden sind. Auch Ihre Eltern haben heute Morgen eine offizielle Entschuldigung erhalten. Ich betrachte das Thema damit als erledigt.«

Ich sitze stocksteif auf meinem Stuhl. Van Duick wurde gefeuert? Das Telefon des Direktors hat wohl den ganzen Nachmittag geklingelt, nachdem die Grauen die Kuppel gestürmt haben. Ich frage mich, ob Van Duick wusste, was er da tat. Es tut mir leid um ihn. Endlich hat uns mal jemand die Möglichkeit gegeben, etwas Ungewöhnliches zu erleben.

Der Unterricht ist etwa so temporeich wie das Wachstum einer Koralle. Die monotone Stimme des

Direktors gibt mir das Gefühl, er kenne nur drei Wörter, die sich in Dauerschleife wiederholen. Es gelingt mir nicht, mich zu konzentrieren. Nach zwei quälenden Stunden kommt endlich die Mittagspause.

Wenn ich mich trauen würde, würde ich mein Tablett nehmen und mich neben Orion setzen. Ich gehe ins Bad, um mir die Hände zu waschen, und nutze bei der Gelegenheit auch gleich die Toilette. Die Schultoiletten sind wesentlich sauberer als die öffentlichen Toiletten in unserem Viertel. Habe ich schon erwähnt, dass wir in unseren Hütten keine Toiletten haben? Tja, so ist es. Kein Wunder also, dass ich Orion nicht mit zu mir nach Hause nehmen wollte. Es wäre echt ungünstig gewesen, wenn er plötzlich mal gemusst hätte …

Ich will gerade auf den Knopf für die Desinfizierung drücken, als ich Mirandas Stimme höre.

Sie berichtet haarklein, was sie mit Flynn angestellt hat. Am liebsten würde ich sie an ihrem lächerlichen Dutt packen und mit den Bakterien in der Toilette bekannt machen. Ich weiß, dass es nicht gut für meine Zukunft wäre, trotzdem bin ich kurz davor. Ich atme mehrmals tief durch, um mich zu beruhigen. Dann beschließe ich, ihr den Tauchgang in der Toilette vorerst zu ersparen. Dafür kann sie sich auf eine scharfe Bemerkung gefasst machen. In dem Moment sagt sie Orions Namen.

»Heute Morgen haben wir uns im Auto richtig gut unterhalten«, erzählt sie ihren Freundinnen.

»Und was hat er gesagt?«

»Dass die Grauen stinken wie die Pest und Hunde fressen!«

»Nein! Glaubst du, das stimmt?«

»Natürlich. Orion Parker lügt nicht.«

»Oh Mann, der Typ ist einfach heiß. Mit *dem* würde ich gerne mal einen sozialen Projektnachmittag verbringen«, sagt Kim, Mirandas beste Freundin.

Gleiches Bankkonto, gleicher Charakter. Mehr Make-up als Hirn. Sie könnten Schwestern sein: Kim ist quasi die dunkelhaarige Ausgabe von Miranda.

»Ich warne dich«, blafft Miranda. »Orion Parker gehört mir. Du glaubst doch wohl nicht, dass ich ihn jetzt noch hergebe, wo ich ihn endlich jeden Morgen für mich allein habe.«

»Und wenn eine andere ihn sich schnappt? Eine mit goldener Haut und großen grünen Augen?«

»Isis Mukeba? Was soll Orion Parker denn mit einer Grauen? Du spinnst ja.«

»Sie sieht verdammt gut aus.«

Kim steigt plötzlich ein ganzes Stück in meinem Ansehen.

»Gut? Vulgär, meinst du wohl. Orion hat gesagt, dass sie so trübe ist wie der Himmel und dass ihr einziges Lebensziel ist, die Schule abzuschließen, um bei uns Hausmädchen zu werden. Es sah nicht so aus, als hätte er sich von den großen Titten unter ihrer zerlumpten Uniform verführen lassen.«

Die Worte treffen mich wie einen Boxer, der in den Seilen hängt. Jab, Haken, Uppercut. K. o.

Die Mädchen verlassen die Toilette kichernd, während sich das Gift ihrer Worte in mir ausbreitet. Was Miranda und ihre Freundinnen von mir halten, ist mir ziemlich egal. Mit der Zeit gewöhnt man sich an die Verachtung. Ein bisschen wie bei einem Mückenstich, der anfangs stark juckt und irgendwann in Vergessenheit gerät.

Aber bei Orion ist es etwas anderes. Ich habe wirklich geglaubt, dass er nicht so ist wie die anderen. Er hat mich ganz schön verarscht. Aber in Wirklichkeit ist er nicht mehr wert als diese hohle Barbie Miranda. Er war nur subtiler in der Art, mich zu demütigen, das ist alles. Und ich Idiotin habe ihn auch noch zu den verlorenen Kindern und auf unsere Farm mitgenommen …

12

ISIS

Meine Eltern sind stark, geben niemals auf und sind immer für meinen Bruder und mich da. Es gibt so viele Kinder, denen es nicht so geht, und ich weiß mein Glück wirklich zu schätzen.

Als ich zu unserem Haus komme – ich weiß, es ist nur eine Hütte, aber ich nenne sie gerne Haus –, kann ich es kaum erwarten, dass meine Mutter mich in den Arm nimmt und wiegt wie ein kleines Mädchen. Eigentlich bin ich nicht besonders kuschelig veranlagt, aber meine Mutter hat eine Art sechsten Sinn. Wenn es mir nicht gut geht, merkt sie es sofort und nimmt mich in den Arm, um mich zu trösten.

Und heute kann ich es wirklich gebrauchen. Wenn man in der Water-Zone lebt, ist man an schlechte Nachrichten gewöhnt und wird zwangsläufig immer härter im Nehmen. Normalerweise sehe ich Probleme schon von Weitem kommen. Diesmal war es anders. Ich habe mich in ein Märchen hineingeträumt, und jetzt fühle ich mich, als hätte mich ein Containerschiff gerammt.

Ich öffne die Tür. Meine Eltern sitzen sich am Tisch gegenüber, und mein Vater kippt ein Glas Kartoffelschnaps hinunter. Wenn er dieses Zeug schon um vier Uhr nachmittags zu sich nimmt, muss etwas passiert sein. Gut oder schlecht? Beim Anblick der roten Augen und der Tränenspuren auf den Wangen meiner Mutter tippe ich auf Letzteres. Das nächste Containerschiff … Ich sehe schon, dass dieser Tag einen Spitzenplatz unter den miesesten Tagen meines Lebens einnehmen wird. Das mit der tröstenden Umarmung kann ich vergessen. Ich setze mich neben meine Mutter und sehe sie wortlos an.

»Ich bin schwanger«, sagt sie und schluckt ein Schluchzen hinunter.

»Dann geh zum Arzt. Dagegen gibt's doch Medikamente?«, erwidere ich pragmatisch.

»Es ist zu spät«, flüstert sie. »Ich habe das Datum überschritten. Ich habe nichts gemerkt. Wir haben so wenig zu essen, dass ich kein Gramm zugenommen habe. Ich bin schon im vierten Monat.«

Mein Vater schenkt sich noch ein Glas ein.

Ob er mir ausnahmsweise auch eins geben würde?

Ich sehe wieder zu meiner Mutter. Das hat uns gerade noch gefehlt. Schwanger im vierten Monat! In den Wasserquartieren ist die Anzahl der Kinder pro Frau auf zwei begrenzt, ausnahmslos. Sie hat das Datum für die Abtreibungspille überschritten, also wird ein chirurgischer Eingriff notwendig sein. Es sei denn, man verfügt nicht über die nötigen Mittel, aber dann … Ich habe von den Quacksalbern gehört, die sich um solche Fälle kümmern. Sie haben einen schrecklichen Ruf, wer ihre Schwelle übertritt, spielt Russisch Roulette mit seinem Leben.

»Ich habe uns bei der Lotterie des NEP angemeldet«, murmelt mein Vater. »Vielleicht haben wir ja Glück.«

New Earth … Ja, das wäre eine Lösung. Da gibt es keine Geburtenbeschränkung. Im Gegenteil. Ich seufze. Was versprechen wir uns nur davon? Die Chance zu gewinnen liegt bei eins zu zehntausend. Das ist so gut wie nichts. Mein Vater macht sich was vor.

»Ich gehe noch mal raus«, sage ich, aber sie achten gar nicht auf mich.

Ich muss mit jemandem reden. Aber nicht mit Flynn. Bloß nicht mit Flynn. Er würde mich nicht verstehen. Ich mache mich in eine dunklere Ecke des Viertels auf. Meine Mutter will nicht, dass ich dorthin gehe, aber das ist mir egal. Wenn wir in der Water-

Zone eins haben, dann unsere Freiheit. Ich bleibe vor Karimas Hütte stehen. Sie ist die Älteste des Viertels. Eine alte Zauberin, wie manche behaupten.

»Komm rein, Isis, komm rein.«

Ich weiß nicht, wie sie es macht, aber sie weiß immer, wer vor ihrer Tür steht, obwohl sie geschlossen ist. Ich trete ein und setze mich ihr gegenüber. Sie kauert immer am selben Platz mit gekreuzten Beinen auf dem Boden. Als würde sie nie aufstehen, um etwas zu essen oder zur Toilette zu gehen. Zum ersten Mal seit Langem muss ich lächeln, als ich mir Karima auf dem Thron vorstelle.

»Man lacht nicht über alte Damen!«, schilt sie mich sanft.

Woher weiß sie, was ich gedacht habe?

»Erst recht nicht, wenn man traurig ist.«

Es ist gut, dass ich gekommen bin. Karima hat wirklich eine Gabe. Ich frage mich, ob alle Alten sie besitzen. In der Water-Zone werden nur sehr wenige Menschen älter als sechzig. Die ständige Feuchtigkeit, die Unterernährung, die Krankheiten … Ich hätte meine Großeltern gerne kennengelernt, aber das Glück hatte ich nicht. Karima ist so etwas wie meine Adoptivgroßmutter. Ich bin eine der wenigen Jugendlichen, die sich zu ihr traut. Die anderen haben Angst vor ihr. Ich sehe sie an.

Man könnte meinen, sie wäre mindestens zweihundert Jahre alt, mit ihren zahllosen Falten und ihrer zerknitterten Haut. Ihren langen weißen Haaren, sorgfältig zu einem Zopf geflochten, der ihr über die Schulter fällt. Sie ist so klein und gekrümmt, dass es aussieht, als würde sie langsam mit der Erde verschmelzen. Aber wenn man ihr in die Augen blickt, begreift man schnell, dass das nicht stimmt. Ihre nachtschwarzen Augen haben nichts von ihrem Glanz verloren. Sie durchbohren einen mit seltener Schärfe.

»Na, meine Hübsche, schlechter Tag heute?«

»Kann man so sagen«, stimme ich zu.

Und dann erzähle ich ihr alles. Ich gebe sogar zu, wie enttäuscht ich von Orion bin und wie sehr ich ihn hasse. Danach erzähle ich ihr von meiner Mutter und hoffe, dass sie mir einen Rat geben kann, doch Karima schweigt. Sie hört nur zu und wackelt mit dem Kopf. Mir kommt der Gedanke, dass sie vielleicht senil geworden ist.

»Erstaunlich«, brummt sie schließlich.

»Was? Dass meine Mutter schwanger ist?«

»Dass du dich getäuscht hast.«

Ich runzle die Stirn. Ein Gespräch mit Karima ist manchmal wie Seiltanzen. Man darf den Faden nicht verlieren.

»In Orion?«

Karima nickt.

»Du hattest schon immer eine gute Menschenkenntnis.«

»Tja, diesmal nicht.«

»Was sagt dir dein Herz?«

»Hast du mir nicht zugehört? Ich habe dir doch erzählt, was er zu dieser kleinen Ratte Miranda gesagt hat.«

»Du bist es, die nicht richtig zuhört, Isis Mukeba. Sei kein Dickkopf.«

Karima hat keine Hemmungen, mich zurechtzuweisen. Aber sie weiß, dass ich sie liebe. Und ich weiß, dass sie mich liebt. Und sie weiß, dass ich es weiß. Auch, wenn sie mir Sachen an den Kopf wirft, die ich nicht hören will, herrscht immer Zuneigung zwischen uns.

Ich verkneife mir die Antwort, die mir auf der Zunge liegt. Aus Respekt vor dem Alter. Und langsam dringen ihre Worte zu mir durch. Was sagt mein Herz? Mein Herz blutet, Karima! Es blutet, weil ich für ein paar Stunden so naiv war zu glauben, Orion könnte sich für mich interessieren – für mich, eine Wertlose, eine Graue unter Tausenden Grauen. Er hat mich verletzt! Gedemütigt!

Hast du gehört, wie Orion diese Worte gesagt hat?, raunt mir eine kleine Stimme zu. Ich sehe Karima an. Sie hat den Mund nicht aufgemacht. Selbst ihre Augen sind geschlossen. Hat sie etwa telepathische Fähigkeiten? Ich senke den Kopf und versuche diese verrückte Idee zu vergessen. Aber die Frage bleibt: Hat er diese Worte wirklich gesagt? Und wenn ja, waren sie ernst gemeint? Oder hat dieses Biest Miranda sie sich nur ausgedacht? Obwohl, dafür ist sie zu dumm.

»Findest du, dass ich große Brüste habe?«, platzt es aus mir heraus.

Karima lacht. Es ist komisch, eine so alte Frau lachen zu hören. Es klingt, als würde sie ersticken.

»Deine Brüste sind perfekt, meine liebe Isis. Hast du dich schon mal gefragt, ob die kleine Giftschlange nicht einfach eifersüchtig sein könnte?«

Miranda, eifersüchtig? Eine Unantastbare, reich und schön – eifersüchtig auf mich? Mit ihren blonden Haaren, ihrer hellen Haut und ihren großen blauen Augen? Könnte es wirklich sein? Vielleicht. Aber das ändert nichts an meiner Enttäuschung über Orion. Und schon gar nichts an den Sorgen meiner Mutter.

»Lösungen kommen zu denjenigen, die sie verdienen«, verkündet Karima feierlich, bevor sie beginnt, eine Art Gebet in einer Sprache zu murmeln, die ich noch nie gehört habe.

Ich kenne sie. Sie wird nichts mehr sagen. Ich gebe ihr einen Kuss auf die Wange und verlasse die Hütte mit mehr Fragen als zu Beginn meines Besuchs. Meine Gedanken überschlagen sich und wirbeln alles durcheinander, Orion, Miranda, meine Mutter …

Lösungen kommen zu denjenigen, die sie verdienen. Die hat gut reden.

Außerdem bin ich mir nicht sicher, ob ich überhaupt irgendwas verdient habe.

13

ISIS

Es kommt selten vor, dass ich traurig bin. Farbe war mir schon immer lieber als grau, und das gilt auch für meine Gefühle. Traurigkeit trübt alles ein, macht es fade und geschmacklos. Es würde mich nicht überraschen, wenn die Traurigkeit mit dem Smog unter einer Decke steckt, der unseren Himmel verdunkelt.

Ich muss mit Orion sprechen.

Dieser Gedanke ist mir die ganze Nacht nicht mehr aus dem Kopf gegangen. Seit der Unterricht begonnen hat, lauere ich auf den richtigen Moment. Ich werde immer wütender. Genau das ist das Paradox unserer Schule. Wir sitzen den ganzen Tag wenige Meter von den Unantastbaren entfernt, aber die Gelegenheiten, in denen man sich wirklich nahe kommt, lassen sich an einer Hand abzählen. Es ist, als würde jeder Clan für sich allein leben, geschützt durch eine unsichtbare Blase. Es ist kein Zufall, dass man sie die Unantastbaren nennt.

Der Tag geht vorüber, ohne dass sich eine Gelegenheit auftut.

Dann kommt die letzte Stunde: »Durchqueren eines konstanten aquatischen Umfelds mittels verlängertem Eintauchen des Kopfes in horizontalem Gleichgewicht.« Anders ausgedrückt: Schwimmen. Ich habe nie begriffen, warum die Bezeichnungen der Sportkurse so kompliziert sein müssen. Anscheinend ein Überbleibsel aus dem vergangenen Jahrhundert.

Ich suche mir die Bahn neben Orion aus. Natürlich nicht dieselbe. Das würde der Lehrer niemals zulassen. Nicht auszudenken, wenn wir uns berühren würden ... Während er taucht, springe ich ins Wasser und versuche, meinen Rhythmus an seinen anzupassen. Gar nicht so leicht, denn Orion schwimmt schneller als ich. Aber ich lasse nicht locker. Gleich habe ich ihn eingeholt. Er scheint es zu merken, denn er wird langsamer. Unsere Blicke treffen sich.

»Wir müssen reden«, schnaufe ich, während ich weiterkraule.

»Worüber?«

»Darüber, dass ich fade bin. Langweilig.«

Ich hole Luft und schwimme weiter.

»Und über meinen Traum, Hausmädchen in der Kuppel zu werden.«

Wir erreichen das Ende der Bahn, wenden, und unsere Blicke begegnen sich erneut. In seinen Augen sehe ich, dass er diese Worte wirklich gesagt hat.

»Du hast mich verarscht!«, sage ich und beginne wie eine Verrückte durchs Wasser zu pflügen.

Ich weiß nicht, ob ich je wieder rauskommen will. Reflexhaft hole ich Luft und dresche auf das Wasser ein, wobei ich mir vorstelle, jeder Hieb gelte Orion. Ich reagiere meine Wut ab. Tränen schießen mir in die Augen, aber die kann zum Glück niemand sehen. Nach drei Bahnen in diesem Rhythmus bin ich völlig k. o. und verlasse das Wasser.

»Die Stunde ist noch nicht vorbei, Isis!«, ruft mir der Lehrer zu.

»Tut mir leid, ich bin heute nicht in Form.«

Der Lehrer kennt mich. Ich bin Isis, die Kämpferin, die Schülerin, die niemals aufgibt. Er vertraut mir.

»Du kannst dich umziehen. Ich hoffe, es geht dir bald wieder besser.«

Auf dem Weg zur Umkleide höre ich Schritte hinter mir. Orion Parker hat das Wasser ebenfalls verlassen.

»Warte. Isis, warte!«, sagt er so laut, dass mehrere unserer Mitschüler den Blick heben.

Ich will mich nicht umdrehen. Wozu auch? Um ihm

die Befriedigung zu verschaffen, mich so zu sehen, mit roten Augen und verzerrtem Gesicht?

»Es ist nicht so, wie du denkst«, höre ich ihn sagen, bevor ich in der Umkleide verschwinde.

Miranda hat von ihrer Position am Beckenrand garantiert nichts von dieser Szene verpasst.

In ihren Augen zeichnen sich schon die Vorboten eines Sturms ab …

14

MIRANDA

Irina Bergson war eine Frau, die ihre Schönheit pflegte, wie man einen wertvollen Edelstein poliert. Sie wusste, dass ihr Aussehen ihr wichtigster Trumpf war, und sie hatte es gezielt eingesetzt, um ihre heutige gesellschaftliche Stellung zu erreichen. Kein Detail entging ihr. Es reichte, dass ihre Angestellte beim Nägellackieren die Haut übermalte, damit ihr der Geduldsfaden riss.

»Passen Sie doch auf, Laetitia! Ich frage mich, warum ich Ihnen so viel zahle. Wissen Sie nicht, dass es außerhalb der Kuppel Tausende wie Sie gibt, die nur zu gern Ihren Platz hätten?«

»Ja, Madam. Es tut mir leid. Es wird nicht wieder vorkommen.«

Irina Bergsons Miene entspannte sich, als sie ihre Tochter Miranda kommen sah. Die gleichen blauen

Augen, die gleiche aufrechte Haltung. Irina war stolz auf ihre Tochter. *Ein bisschen wenig Oberweite,* dachte sie bei sich. *Nun ja, ein kleiner chirurgischer Eingriff, dann ist sie perfekt.*

»Wie war dein Tag, mein Liebling?«,

»Sehr gut, Mutter. Ich bin fast zwei Kilometer geschwommen.«

Irina begann sofort mit dem Kopfrechnen. Sie zählte nicht in Kilometern, sondern in Kalorien. Schlank zu bleiben war ihre oberste Priorität, auf die sie mithilfe eines Personal Trainers und eines auf Diätkost spezialisierten Kochs einen Großteil ihrer Zeit verwendete.

»Ausgezeichnet, mein Schatz. Ausgezeichnet.«

»Sag mal, Mutter, Vater überwacht bei seiner Arbeit doch die wöchentliche Ziehung des NEP, oder?«

»Ja, das ist eine seiner Aufgaben. Warum fragst du?«

»Könnte man dafür sorgen, dass jemand Bestimmtes ein Ticket gewinnt?«, fragte Miranda.

»Lieber Himmel, nein! Das widerspricht allen Prinzipien der Lotterie. Jeder dieser armen Pechvögel muss dieselbe Chance haben, auf das Weltenschiff zu kommen.«

Miranda zog einen Schmollmund, der ihrer Mutter nicht entging.

Irina Bergson musterte ihre Nägel zufrieden und entließ ihre Angestellte. Als sie sich vergewissert hatte, dass die Tür fest hinter ihr verschlossen war, wandte sie sich ihrer Tochter zu und flüsterte:

»Natürlich gelten die Regeln nicht für jeden ... Was bringt es, das Kommando zu haben, wenn man nicht ein bisschen Manöverspielraum hat? Wen möchtest du denn nach New Earth schicken?«

»Isis Mukeba.«

»Die Graue, die immer die besten Noten bekommt?«

Irina erinnerte sich, den Namen in der Schulzeitung gelesen zu haben. Sie hatte sich gefragt, wie man es zulassen konnte, dass eine Graue die Unantastbaren überflügelte. Sie hasste den gegenwärtigen Regierungskurs. Zu viel Nachsicht mit den Grauen, zu viele Zugeständnisse, zu viele Gefallen, damit sie ruhig blieben! Wenn es nach ihr gegangen wäre, hätte man sie die Kuppel stürmen lassen und die Revolte mit ein paar Laserstrahlen niedergeschlagen.

»Und warum willst du sie loswerden?«

»Sie ist unerträglich. Ihre bloße Gegenwart widert mich an. Sie gibt die ganze Zeit mit ihren guten Noten an und macht sich an die Jungs ran!«

»Aber doch nicht an die Unantastbaren?«

»Sie hat es auf Orion Parker abgesehen.«

»Orion Parker?«

»Ja, Mutter.«

»Aber bei dem hat sie doch keine Chance! Orion Parker und eine Graue – unvorstellbar!«

»Heute Nachmittag hat Orion mit ihr geredet.«

Irina erhob sich aus ihrem Sessel und begann, im Zimmer auf und ab zu laufen. Es stand völlig außer Frage, dass sich eine dahergelaufene Graue zwischen ihre Tochter und Orion Parker drängte. Dafür hatte sie sich zu sehr abgemüht, Miranda in seine Nähe zu bringen. Aber der vulgäre Charme einer Grauen konnte selbst den standhaftesten Männern den Kopf verdrehen. Es wäre nicht das erste Mal. Irina wusste, dass manche Unantastbare nicht davor zurückschrecken, sich an zwielichtigen Orten mit diesem Ungeziefer einzulassen.

»Ich kümmere mich darum«, versprach sie. »Dieses schamlose kleine Biest kommt ins nächste Weltenschiff nach New Earth. Ich gebe dir mein Wort.«

Miranda schenkte ihre Mutter ein Lächeln. Mit ihren blonden Locken und ihren strahlend blauen Augen hätte man sie für einen Engel halten können.

»Danke, Mutter, danke! Ich weiß nicht, was ich ohne dich machen würde.«

15

ISIS

Ich mag die Water-Zone. Dieses Durcheinander aus schwimmenden Hütten, Gassen und Brücken, das immer in Bewegung ist und vom Ozean gewiegt wird. Ich mag die Unordnung, das Unperfekte und die Wandlungsfähigkeit. Die Water-Zone ist nicht einfach nur ein Stadtviertel oder ein Gebäudedschungel. Die Water-Zone ist ein Lebewesen, das uns alle beschützt.

»Wir haben gewonnen! Wir haben gewonnen!«

Meine Mutter tanzt wie eine Verrückte um mein Bett herum. Ich öffne widerstrebend die Augen und werfe einen Blick auf den Wecker.

»Mama, es ist sechs Uhr!«

Ganz langsam fährt mein Gehirn hoch. Ich habe meine Mutter noch nie in diesem Zustand erlebt. Gewonnen? Was haben wir gewonnen? Dann macht es klick. Die Lotterie des NEP! Ich setze mich abrupt auf. Zach ist auch schon wach. Meine Mutter hat ihn aus dem Bett gehoben und wirbelt ihn im Kreis. Der Blödmann lacht wie verrückt, obwohl er mit den Füßen beinahe die Regale von der Wand reißt.

»Bist du … sicher?«, frage ich.

»Wir haben eine offizielle Mail vom NEP bekommen, gerade eben! Wie schade, dass dein Vater nicht da ist. Wir müssen es ihm sofort sagen! Das Elend, die Tage, an denen man nicht weiß, was man essen soll, das ist alles vorbei! Während der Reise kümmert sich das NEP um alles. Und dann … dann geht es uns wie Tante Lily, wir bekommen unsere eigene Farm, unsere eigenen Tiere! Wir können Felder bewirtschaften …«

Ich denke an die viele Arbeit, die es Flynn und mich gekostet hat, das bisschen Gemüse anzubauen. Auf New Earth muss man einfach nur pflanzen und gießen, den Rest erledigt die Sonne. Gestern war mein mühsam gezüchtetes Gemüse noch ein Wunder, heute ist es völlig bedeutungslos.

»Oh, Isis, das ist so wunderbar! Ich kann das Baby behalten!«, sagt meine Mutter. Sie stellt Zach wieder auf den Boden und legt beide Hände auf den Bauch.

»Das ist wirklich toll, Mama«, erwidere ich, ringe mir ein Lächeln ab und nehme sie in die Arme.

Ich weiß selbst, dass meine Reaktion komisch ist. Eigentlich müsste ich vor Freude in die Luft springen.

Die Chancen standen eins zu zehntausend. Wir hatten wahnsinniges Glück! Noch dazu genau im richtigen Moment. Trotzdem kann ich mich überhaupt nicht darüber freuen. Ehrlich gesagt, habe ich die Möglichkeit nie wirklich in Betracht gezogen, ein Ticket nach New Earth zu gewinnen. Das gehörte für mich immer zu den Dingen, die es zwar gibt, die man aber niemals haben wird: Autos, Rindfleisch zum Abendessen ... so was eben. Jetzt ist das Unmögliche wirklich eingetroffen, und ich fühle mich wie am Rand eines Abgrunds. Ich senke den Blick und habe das Gefühl, nicht den Fußboden zu sehen, sondern den Weltraum mit seinen Milliarden von Sternen, seinen unzähligen Galaxien, die nur darauf warten, mich zu verschlingen, ins Nichts zu ziehen. Ich schließe die Augen.

»Und meine Freunde?«, frage ich, während ich sie wieder öffne.

Meine Mutter schaut mich an, als wäre ich verrückt geworden.

»Deine Freunde? Du meinst Flynn?«

Ich kann ihr die Reaktion nicht verübeln. Abgesehen von Flynn habe ich nicht viele – eigentlich gar keine – Freunde. Ich habe kaum jemanden nah an mich herangelassen, sondern mich immer lieber auf mich selbst und meine Fähigkeiten verlassen, um von niemandem abhängig zu sein. Trotzdem habe ich jetzt das Gefühl, nicht ohne Flynn leben zu können. Dann springen meine Gedanken unwillkürlich zu Orion. Warum muss ich jetzt nur an diesen Verräter denken?

»Es tut mir leid, Isis, aber du wirst neue Freunde finden, da bin ich mir sicher.«

Die Stimme meiner Mutter. Sie antwortet mir. Ach ja, sie redet von Flynn ...

»Weißt du, eigentlich gefällt mir mein Leben ganz gut«, wage ich schüchtern einzuwenden.

Meine Mutter setzt sich zu mir aufs Bett und legt mir den Arm um die Schultern.

»Klar, es ist nicht perfekt«, fahre ich fort, »aber ich habe mich daran gewöhnt, die Überbleibsel des alten New York zu durchwühlen, um lebensnotwendige Dinge zu ertauschen, mir neue Lösungen für mein Gemüse zu überlegen, für die Schule zu lernen ...«

»Ich weiß, Isis, ich weiß das alles. Aber auf New Earth hat jeder eine Chance! Da musst du nicht mehr lernen. Du kannst vielleicht sogar deine eigene Farm haben!«

Meine eigene Farm? Gemüse anbauen, um nicht zu verhungern, ist cool, aber Bäuerin werden? Ich schaue meine Mutter an, als wäre sie eine Außerirdische. Dann fällt mir ein, dass wir das bald ja wirklich sein werden. Isis Mukeba, die Außerirdische ... Das gefällt mir überhaupt nicht. Genauso wenig, wie Bäuerin zu werden.

Und wenn ich an die Reise denke. Sechs Jahre! Sechs

Jahre eingesperrt auf einem Schiff, das wie eine überdimensionale Zigarre aussieht. Endlos. Ich rechne nach. Wenn wir auf New Earth ankommen, bin ich fast 21. Ich werde die schönsten Jahre meiner Jugend in einer Metallröhre vergeuden, die mit 200 000 Sekundenkilometern durch das interstellare Vakuum zischt.

16

ORION

Als Orion in die Schule kam, war er fest entschlossen, mit Isis zu reden. Er konnte die Vorstellung nicht ertragen, dass sie ihn mit Miranda in eine Schublade steckte – oder mit den anderen Unantastbaren, die den sozialen Projektnachmittag dazu genutzt hatten, die Grauen zu demütigen. Er machte sich schreckliche Vorwürfe, dass er Miranda so einen Blödsinn erzählt hatte. Auf der Fahrt zur Schule hatte er kaum ein Wort mit ihr gesprochen und sich damit begnügt, ihre Fragen einsilbig zu beantworten, ohne selbst etwas zum Gespräch beizutragen. Er war viel zu sehr damit beschäftigt, sich die Worte zurechtzulegen, mit denen er sich bei Isis entschuldigen wollte. Er wusste, dass sie empfindlich war, und er ahnte, dass es nicht leicht werden würde. Vielleicht sollte er vernünftig sein und das Ganze auf sich beruhen lassen. Ihre

Freundschaft hatte sowieso keine Zukunft. Ob es die Uniform war, die Blicke der anderen oder einfach die Wand einer Kuppel, es würde immer etwas geben, das sie trennen würde. Sie stammten nicht aus derselben Welt ... Trotzdem widerstrebte es ihm zutiefst, nicht mehr mit ihr zu sprechen, sie nie wieder lächeln zu sehen ...

Im Klassenzimmer suchte er ihren Blick, doch er sah nur einen leeren Platz. Er überquerte die unsichtbare Linie, die die Grauen von den Unantastbaren trennte, und ging zu Flynn.

»Weißt du, wo Isis ist?«, fragte er.

Flynn musterte ihn abschätzig.

»Seit wann sprichst du mit mir?«

»Ich bin nicht auf Streit aus, Flynn.«

»Ich werde offen sein, Parker. Ich hatte noch nie viel für die Unantastbaren übrig, aber seit ein paar Tagen habe ich eine richtige Allergie gegen euch. Also verzieh dich, bevor ich dir eine reinhaue.«

Orion zögerte, aber er spürte, dass die Sache kein gutes Ende nehmen würde. Er ging an sein Pult zurück und holte seine Sachen aus dem Rucksack, ohne die Tür aus den Augen zu lassen. Vielleicht kam sie einfach nur zu spät?

Ms. Glayer, die nach Tagen der Abwesenheit wieder ihren Posten eingenommen hatte, bat um Ruhe.

»Als Erstes möchte ich euch eine großartige Neuigkeit mitteilen«, begann sie. »Eine unserer Schülerinnen hatte das große Glück, ein Ticket nach New Earth zu gewinnen. Aus diesem Grund ist sie heute nicht anwesend. Die Abreise steht unmittelbar bevor, und sie hat noch viel vorzubereiten. Es handelt sich um Isis Mukeba.«

Ein Raunen ging durch die Schüler. Bei den Grauen mischten sich Erstaunen und Neid. Bei den Unantastbaren waren die Kommentare eher abfällig.

Ms. Glayer ging zum Unterricht über, doch Orion hörte nichts mehr. Er starrte vor sich hin, während ihm klar wurde, dass das, was er für Isis empfand, mehr war als Freundschaft oder Bewunderung. Was für eine Ironie! Er konnte mit einem Fingerschnipsen alles bekommen, was er wollte, doch das Einzige, was ihn wirklich interessierte, sollte ihm nun für immer genommen werden. In diesem Moment hätte er viel dafür gegeben, nicht mehr Orion Parker zu sein, der Erbe des Parker-Imperiums. Er hätte sich gerne damit begnügt, eine graue Uniform zu tragen und sich von kargen Lebensmittelrationen zu ernähren. Die ganze Stunde über versuchte er sich ins Gedächtnis zu rufen, was sein Vater ihm über die Weltenschiffe erzählt hatte, über die Reise und über den Planeten, auf den man haufenweise Siedler schickte. Es war eine ganze Menge an Informationen, da sein Vater selten über etwas anderes sprach.

Am Ende der Stunde wagte er sich noch einmal zu Flynn hinüber.

»Ich muss mit Isis sprechen, bevor sie abreist«, sagte er ohne Umschweife.

»Du schon wieder?«, sagte Flynn. »Versteht der große Orion Parker kein Englisch mehr? Ich will nichts mit den Unantastbaren zu tun haben. Und wenn irgendjemand mit Isis sprechen muss, dann bin ich das. Wenn du so gerne mit ihr reden willst, dann bitte doch deinen Papi, dich in seinem schönen verspiegelten Auto zu ihr zu fahren. Aber pass auf, dass ihr dabei nicht ertrinkt.«

Orion gab keine Antwort. Er hatte keine Lust, sich mit Flynn zu streiten, der ja gute Gründe hatte, auf die Unantastbaren wütend zu sein. Besten Dank, Miranda … Neidisch blickte er ihm nach, als er die Klasse verließ. Er war sich sicher, dass Flynn geradewegs zu Isis gehen würde.

17

ISIS

Lebewohl. Diesen Moment, in dem man einen Menschen für immer verlassen muss, sollte es nicht geben. Er löscht so viele zukünftige Möglichkeiten aus, die man betrauern muss ... Der Abschied von einem geliebten Menschen ist wie ein kleiner Tod.

»Du reist also ab?«

Ich drehe mich um. Flynns breite Schultern erscheinen auf dem Dach unserer kleinen Farm.

»Als deine Eltern gesagt haben, sie wüssten nicht, wo du bist, war ich sicher, dass ich dich hier finden würde. Ich musste mir das Boot eines Fischers ›ausleihen‹.«

Flynn kommt näher und setzt sich auf den zweiten Liegestuhl. Lange Zeit betrachten wir den entfesselten Ozean etwa dreißig Meter unter uns. Trotz der Wellenbrecher schlagen die Wellen gegen das Gebäude und zerplatzen in gewaltigen Schaumspritzern am Beton.

»Ganz schön windig heute«, sagt Flynn. »Vielleicht zieht ein Sturm auf.«

Ich antworte nicht. Der Sturm ist schon da, in meinem Kopf.

»Du scheinst dich gar nicht zu freuen. Dabei würden jede Menge Leute sofort mit dir tauschen …«

»Die können meinen Platz gerne haben«, gebe ich zurück.

»Ihr habt ein Riesenglück, Isis. Deine Mutter hat mir von dem Baby erzählt.«

»Glück? *Ich* habe mich nicht beworben.«

»Glaubst du, ich freue mich, dass du gehst?«

Ich drehe mich zu ihm um. Er hat Tränen in den Augen. Es ist das erste Mal, dass ich ihn so sehe. Ich nehme seine Hand.

»Wenn du wüsstest, was ich dafür geben würde, um zu bleiben«, murmele ich.

Das Rauschen der Wellen wird immer lauter. Ich weiß nicht, ob Flynn mich gehört hat.

»Dann bleib«, sagt er.

Er hat mich also gehört. Kurz denke ich über seinen Vorschlag nach, dann verwerfe ich ihn.

»Nein. Das kann ich nicht machen. Meine Eltern würden es nicht verkraften.«

»Wir packen unsere Sachen und verschwinden, jetzt, auf der Stelle.«

Ich lächle ihn an.

»Du bist ein Engel, Flynn. Aber das ist unmöglich.«

»Ich verstehe dich nicht. Du willst nicht weg. Also bleib bei mir. Ich werde dich glücklich machen, Isis.«

Ich lasse seine Hand los und beiße mir auf die Lippe. Wie soll ich es ihm sagen? Wie soll ich ihm erklären, dass er mich nie glücklich machen wird? Dass trotz seiner Bemühungen immer etwas fehlen wird ...

»Das geht nicht, Flynn.«

»Es ist nicht wegen deiner Eltern. Nicht nur. Habe ich recht?«

Ich antworte nicht. Mein Schweigen ist vielsagend, eine stumme Zustimmung.

Flynn steht auf und tritt mit dem Fuß gegen einen Eimer, der durch die Luft fliegt und ins wütende Meer stürzt.

»Was ist das Problem? Bin ich dir nicht gut genug?«

»Sag das nicht, Flynn. Ich habe dich unglaublich gern. Du bist wie ein Bruder für mich.«

»Ein Bruder? Ich will aber nicht dein Bruder sein, Isis. Ich liebe dich! Wie ein Verrückter, schon immer!«

»Hör auf, Flynn.«

»Es ist wegen ihm, stimmt's? Er hat dir den Kopf verdreht. Mit seiner weißen Uniform, seinem dicken Auto und seinen Millionen auf dem Konto.«

»Du redest dummes Zeug. So funktioniert das nicht, Flynn. Es hat nichts mit Orion zu tun.«

»Was habt ihr zwei am Projektnachmittag gemacht?«

»Ich habe ihm gezeigt, wie wir leben, das ist alles …«

»Du hast ihn doch nicht hierhergebracht?«, bohrt Flynn nach.

»Was würde das ändern?«

»Oh, Mann! Verdammter Tsunami! Du hast diesen dreckigen Ausbeuter hierhergebracht! Weißt du, warum sie so reich sind, Isis? Weil sie uns alles wegnehmen! Arbeit, Nahrung, Trinkwasser … Sie haben alles, und wir haben nichts! Die Unantastbaren sind das Krebsgeschwür des Planeten! Und du hast ihn in unseren geheimen Garten gelassen!«

»Du kannst nicht alle Unantastbaren in einen Topf werfen, Flynn! Das ganze System ist verdorben. Orion ist nicht Miranda. Er ist ein guter Mensch, das fühle ich. Er hat es sich nicht ausgesucht, in der Kuppel geboren zu werden, genauso wenig, wie wir es uns ausgesucht haben, hier geboren zu werden.«

»Hörst du eigentlich, was du sagst, Isis? Ich erkenne dich gar nicht wieder. Weißt du, wie er über uns redet, dein Orion? Er sagt, dass wir stinken, dass wir Hunde fressen und dass wir sterbenslangweilig sind … auch du! Was glaubst du denn? Dass er in seinem weißen Helikopter hier anrauscht und dich in seine Kuppel entführt? Du bist für ihn nicht mehr als ein Spielzeug … Und ich … Ich …«

»Ich reise morgen ab, Flynn.«

»Na, dann gute Reise!«, brüllt er und wendet sich ab.

»Flynn, warte! Lass uns nicht so auseinandergehen! Vielleicht ist es das letzte Mal, dass wir uns sehen!«

Aber Flynn rennt schon die Treppe hinunter. Er dreht sich nicht um. Das Tosen der Wellen übertönt seine Schritte. Ich werde ihn nie wiedersehen.

Ich sinke auf die Knie und heule los. So hätte es nicht enden sollen. So nicht.

18

ORION

Die ganze Nacht hatte Orion sich den Kopf zerbrochen, wie er die Sache am besten angehen sollte. Arthur C. Parker war niemand, der sich leicht beeinflussen ließ, und sein Sohn wusste, dass er nur einen Versuch hatte. Wenn er nicht die richtigen Worte fand, würde er keine zweite Chance bekommen. Kurz bevor sein Vater sich auf den Weg ins Büro machen wollte, rückte er damit heraus.

»Vater, ich würde gerne die Anlagen des NEP besichtigen.«

Arthur und seine Frau wechselten einen erstaunten Blick.

»Welche Mücke hat dich denn gestochen, Orion?«, fragte seine Mutter. »Seit Jahren machst du keinen Hehl daraus, dass dich die Arbeit deines Vaters nicht interessiert.«

»Ich werde älter, Mutter, und ich möchte unsere Gesellschaft besser verstehen, das ist alles.«

Orions Mutter öffnete den Mund, um etwas zu entgegnen, doch ihr Mann kam ihr zuvor.

»Lass ihn, Penelope, lass ihn. Ich freue mich, dass Orion sein Interesse für das NEP entdeckt hat. Am Wochenende nehme ich dich mit, mein Sohn.«

»Und warum nicht jetzt?«, fragte Orion.

»Aber Schatz, du hast doch Schule!«, wandte seine Mutter ein.

»Ich glaube, ich würde wesentlich mehr bei Papa lernen als in der Schule«, erwiderte Orion, fest entschlossen, jeden Trumpf auszuspielen.

Auf dem Gesicht seines Vaters breitete sich ein stolzes Lächeln aus. *Bingo,* dachte Orion.

Trotz des energischen Widerspruchs von Penelope Parker verließen Vater und Sohn zum ersten Mal seit Jahren gemeinsam das Haus. Arthur Parker ließ alle Termine für den Tag absagen. Er konnte es kaum erwarten, endlich die Früchte vieler Jahre harter Arbeit mit seinem Erben zu teilen.

Zunächst stiegen sie in einen Privatjet, der nach etwa einer Stunde Flug in Mexiko landete. Dort zogen sie Kühlanzüge über, um die Temperaturen von über 55 Grad in der Wüste aushalten zu können. Im Zuge der Klimaerwärmung war ganz Mittelamerika von gnadenloser Trockenheit und Hitze heimgesucht worden. Geblieben waren nur Steine, Sand und einige wenige Kakteen, die sich der Wüste standhaft widersetzten. Dazwischen war der Boden übersät von zentimetergroßen verdorrten Eidechsen. Hier, in diesem immerwährenden Backofen, hatte Arthur Parker die Produktionshallen für seine Weltenschiffe bauen lassen. Die Anlage war gigantisch und erstreckte sich weiter, als man sehen konnte. Mehrere Dutzend Quadratkilometer, wie er seinem Sohn beim Landeanflug stolz erklärt hatte.

Alle Fabriken funktionierten vollautomatisch. Menschen arbeiteten hier nur, wenn nach einer der seltenen Pannen Wartungsarbeiten durchgeführt werden mussten. Arthur Parker öffnete die Tür einer der Fabriken und ließ Orion einen Blick auf die unermüdliche Choreografie der Maschinen werfen, die sich Tag und Nacht im Inneren vollzog. Wie in einem riesigen Ameisenhaufen setzten Hunderte Roboter Teile zusammen, die sich auf einem gigantischen Fließband fortbewegten.

»Siehst du«, sagte Orions Vater, »die Teile wandern von Fabrik zu Fabrik, ohne je das Fließband zu verlassen. Praktisch, was?«

Beeindruckend wäre das bessere Wort, dachte Orion.

Noch beeindruckender war das Ballett der Shuttles, die in Richtung Weltraum abhoben. Man hätte sie für Bienen halten können, die ihren Stock verließen. Etwa alle zwanzig Sekunden verließ ein Shuttle den Weltraumflughafen, gefüllt mit Teilen, die den Zusammenbau der Weltenschiffe in der Weltraumwerft ermöglichten. Gleichzeitig kehrten leere Zubringer zurück, um erneut beladen zu werden.

Orion und sein Vater bestiegen einen der Shuttles, der sich sogleich in die Schlange einreihte, die sich auf den Weltraumaufzug zubewegte.

»Schau dir den Lift an, Orion. Ein Wunder!«

Orion blickte durch das Bullauge. Eine bläuliche, zylindrische Säule hob sich vom Boden bis in den Smog am Himmel. Orion wusste, dass sie über hundert Kilometer lang war und es den Zubringern ermöglichte, ohne die zerstörerischen Effekte beim Eintritt in die Atmosphäre in den Weltraum zu fliegen und wieder auf die Erde zurückzukehren.

»Das ist der unglaublichste technische Fortschritt der letzten hundert Jahre«, schwärmte sein Vater. »Bevor wir das Gravitationsfeld entwickelt haben, haben sich Tausende Ingenieure an dem Problem die Zähne ausgebissen. Die Überwindung der Schwerkraft der Erde hat viel zu viel Energie gekostet, um ein Projekt wie den Bau eines Weltenschiffs in Angriff zu nehmen. Lange Zeit hat man an völlig aussichtslosen Apparaten herumgebastelt, die den Transport möglich machen sollten. Aber hundert Kilometer Höhe haben es einfach in sich. Die geplanten Anlagen waren so gewaltig, dass sie unter ihrem eigenen Gewicht eingestürzt wären. Ein Gravitationsfeld dagegen wiegt nichts. Es kostet zwar einen Haufen Energie, aber es ist für das Fortbestehen unserer Weltraumwerft unverzichtbar.«

Orion konnte die drei Atomkraftwerke sehen, die das Gravitationsfeld mit Energie versorgten.

Als ihr Raumschiff in den zylindrischen Gang gezogen wurde, war Orion überrascht von dem Farbenspiel. Sie waren von einem Kaleidoskop aus Blau- und Grüntönen umgeben, und die Außenwelt war nicht mehr zu erkennen.

»Komisches Gefühl, was?«, fragte sein Vater.

Orion nickte. Die ersten Stunden seines Besuchs waren wesentlich interessanter, als er erwartet hatte. Eigentlich war es sein einziges Ziel gewesen, den Ort zu sehen, an dem Isis in den nächsten sechs Jahren leben würde, aber er musste sich eingestehen, dass schon die eindrucksvolle Fabrikanlage und das Gravitationsfeld die Reise wert waren.

Nach einem etwa dreißigminütigen Aufstieg kam der Shuttle im Weltraum an. Orion fühlte einen heftigen Ruck.

»Anschnallpflicht«, bemerkte sein Vater.

Orion befestigte seinen Gurt und ließ sich vom nachtblauen All in Bann schlagen, in dem Milliarden Sterne funkelten. Es war magisch. Nach einer ganzen

Weile holte sein Vater ihn in die Wirklichkeit zurück, indem er seine Schulter berührte. Sie hatten die Weltraumwerft erreicht.

»WS-523«, bemerkte Arthur C. Parker und zeigte auf die riesige schwebende Zigarre. »Das nächste Weltenschiff, das abreisen wird. Wie du siehst, kommen schon die ersten Passagiere an«, fügte er mit Blick auf die lange Reihe von Zubringern hinzu, die in die Boardinghalle des Weltenschiffs hinein- und wieder herausflogen.

»Wann startet es?«

»Morgen Abend. Und das nächste eine Woche später. Es steht direkt dahinter.«

Orion nickte. Dann betrachtete er das WS-523 aufmerksam. Isis' zukünftiges Zuhause. Er spürte einen Stich im Herzen. Das Grün der Pflanzen im riesigen Gewächshaus kontrastierte mit der Dunkelheit des Alls.

»Können wir reingehen?«, fragte Orion.

Arthur Parker warf einen Blick auf die Uhr.

»Nein. Ich fürchte, das dauert zu lange, wenn wir in einer Stunde wieder unten sein wollen.«

Orion verbarg seine Enttäuschung. Sein Vater war bereits sehr entgegenkommend gewesen.

»Sollen wir umkehren?«

»Ja. Danke, Vater«, sagte Orion und warf einen letzten Blick auf das riesige Schiff.

Plötzlich erstarrte er und runzelte die Stirn. Konnte es sein … Nein, das war unmöglich. Am Rumpf des WS-523 hatte ein kleiner Farbunterschied seine Aufmerksamkeit erregt. Der Fleck hatte die Form eines O. Ein O wie in Orion …

»Vater«, sagte er, »wie lange dauert die Reise nach New Earth genau?«

»Genau?«

»Nicht auf den Tag.«

»Sechs Jahre und zwei Monate, wenn ich mich recht erinnere.«

»Geht die Rückfahrt schneller?«

Arthur Parker lachte.

»Nein, Orion. Im All gibt es keinen Einfluss durch Wind oder Ähnliches. Man reist mit einer bestimmten Geschwindigkeit über eine bestimmte Entfernung, da gibt es keine Abweichungen. Die Flugdauer ist eine rein mathematische Frage.«

Für Orion war die Rechnung einfach: sechs Jahre und zwei Monate plus sechs Jahre und zwei Monate. Ganz simpel. Das Ergebnis war zwölf Jahre und vier Monate.

Wenn Hin- und Rückflug etwas mehr als zwölf Jahre dauerten, wie konnte es dann sein, dass das erste Weltenschiff, das erst vor zehn Jahren gestartet war, schon wieder zurück war?

Denn Orion hätte schwören können, dass der

Fleck, den er am Rumpf von WS-523 gesehen hatte, exakt derselbe war, den er nach dem Selbstmordattentat gegen WS-001 bei seinem ersten Besuch auf der Weltraumwerft gesehen hatte. Am Tag der allerersten Reise nach New Earth.

Du musst dich irren, versuchte er sich zu beruhigen. Aber ein schrecklicher Zweifel war in ihm aufgekeimt. Was, wenn er sich nicht irrte?

19

ORION

Sobald sie wieder zu Hause waren, erklärte Orion, der lange Tag habe ihn müde gemacht, und zog sich in sein Zimmer zurück. Er setzte sich vor sein Computerterminal und startete eine erste Suche: NEP. Es gab Hunderte Seiten zum New Earth Project. Das war nicht weiter erstaunlich. Zuoberst kamen die Seiten der Regierung, die überschwänglich die Vorzüge anpriesen, die die Siedler erwarteten, wenn sie die Erde verließen, und sie aufforderten, sich bei der wöchentlichen Lotterie zu bewerben. Diese Seiten interessierten Orion nicht. Er kannte die Werbung des NEP in- und auswendig.

Stattdessen rief er eine Seite auf, die die ökonomischen Vorteile des NEP erläuterte. Einerseits erlaubte das New Earth Project einer Vielzahl an Siedlern, ihre Lebensbedingungen deutlich zu verbessern, andererseits ermöglichte es den Benachteiligten, die auf der Erde zurückblieben, eine bessere soziale Versorgung bei geringeren staatlichen Kosten. Alle Nationen, die am NEP teilnahmen, hatten ihre wirtschaftliche Wachstumsrate effizient gesteigert. Kein Wunder, dass die Ökonomen immer neue Lobgesänge über die Vorzüge des NEP vorbrachten. Orion klickte weiter. Das war auch nicht das, was er suchte.

Weitere Suchergebnisse lieferten vor allem Videos, die Siedler ihren Angehörigen geschickt hatten und die im Anschluss in den sozialen Netzwerken geteilt worden waren. Der Großteil enthielt Erklärungen über die Lebensbedingungen auf New Earth und darüber, wie glücklich die Siedler waren, dass sie die Gelegenheit ergriffen hatten, Herren über ihr Schicksal zu werden. *Schöner Ausdruck,* dachte Orion bissig. In den Videos gab es auch viele Bilder von der Flora und Fauna des neuen Planeten. Nach dem zehnten Video hatte Orion das Gefühl, sich im Kreis zu drehen, so sehr ähnelten sie sich. Sie waren nichtssagend und berieselten einen mit beruhigenden Informationen und guten Gefühlen …

Während er sich durch die etwa hundertste Seite klickte, wurde ihm zu seiner Überraschung klar, dass es keine einzige kritische Stimme gab. Alle Welt verherrlichte das NEP, von der kleinsten Tageszeitung bis zum größten TV-Sender. Diese unhinterfragte Begeisterung machte ihn stutzig. Da er fast schon im Netz gesurft war, bevor er laufen konnte, hatte er gelernt, allen Informationen mit Vorsicht zu begegnen. Obwohl seine Eltern Geld wie Heu hatten, hatte er immer darauf geachtet, sich nicht über den Tisch ziehen zu lassen, und zwei Regeln für sich aufgestellt: 1. Nie auf einer Seite kaufen, auf der es viele schlechte Bewertungen gibt, und 2. Nie auf einer Seite kaufen, auf der es keine einzige schlechte Bewertung gibt. Orion war nicht naiv. Sein Weltbild war nicht nur schwarz und weiß.

Die Lobeshymnen auf das NEP ließen eigentlich nur einen Schluss zu: Die Regierung löschte systematisch Meinungen, die ihr nicht passten. So einfach war das.

Einer spontanen Eingebung folgend gab Orion »NEP Probleme« ein. Es überraschte ihn nicht, dass er nichts fand. Schließlich bestätigte das seinen Eindruck nur. Da gab sich jemand große Mühe, das Internet sauber zu halten.

Orion änderte die Strategie und durchsuchte die Seiten der wenigen Zeitungen, die es manchmal wagten, die Entscheidungen der Regierung infrage zu stellen. Er fand mehrere kritische Artikel über die Verwaltung des Trinkwassers, die Nahrungsausgabe und die mangelnden Investitionen in den Umweltschutz, doch solange er auch suchte, er fand nichts über das NEP. Nicht mal eine kurze Meldung, die auf den bevorstehenden Start von WS-523 hinwies. Er fand nur eine einzige nützliche Information: Die Angehörigen der künftigen Siedler konnten beim Start der Shuttles an den verschiedenen Stützpunkten des NEP anwesend sein. Der Stützpunkt in New York lag nur wenige Kilometer von der Kuppel entfernt. Vielleicht war das die Gelegenheit, sich von Isis zu verabschieden? Er notierte sich die Adresse, dann tippte er eine Nummer in sein Handy.

»Zentrale der Zeitung *Opinion*, was kann ich für Sie tun?«

»Guten Tag, ich bin ein Schüler der gemischten Schule und arbeite an einem Referat über das NEP. Wir haben gelernt, dass man immer Gegenstimmen darstellen soll, bevor man seine eigene Meinung präsentiert, aber ich kann keinen einzigen negativen Punkt finden. Deshalb dachte ich, dass eine unabhängige und kritische Redaktion wie Ihre mir vielleicht helfen könnte.«

»Einen Augenblick bitte, ich stelle Sie durch.«

Zweimal wiederholte Orion seine Frage. Zweimal stellte man ihn freundlich zu jemand anderem durch. Sein dritter Gesprächspartner war weniger freundlich.

»Guten Tag. Kyle De Boer, Chefredakteur. Du suchst also kritische Argumente zum NEP?«

»Ja, Sir, ganz genau.«

»Dann sage ich dir jetzt, dass *Opinion* keinerlei Interesse daran hat, Zweifel oder Gerüchte über das NEP zu verbreiten. Unsere offizielle Haltung ist eindeutig: Das NEP ist ein hervorragendes Projekt, das es ermöglichen wird, unseren Planeten zu retten.«

»Aber …«

»Du kannst deinen Auftraggebern sagen, dass keine Notwendigkeit besteht, Kinder für ihre dreckige Zensurarbeit zu missbrauchen.«

»Halt, warten Sie! Ich habe nichts mit der Regierung zu tun! Ich bin Orion Parker.«

Stille am anderen Ende der Leitung.

»Der Sohn von Arthur C. Parker?«

»Ja. Sie können es überprüfen, wenn sie meine Nummer orten. Ich weiß, dass sie so was können.«

»Warten Sie mal kurz, ja?«

Orion wartete. Nach etwa drei Minuten war sein Gesprächspartner wieder da.

»Also gut. Ich habe die Nummer verifiziert. Sie rufen vom Parker-Anwesen an, Kuppel N° 1 in New York. Und was sollte die Geschichte mit dem Referat?«

»Das war ein blöder Vorwand, ich weiß, aber ich wusste nicht, wie ich meine Anfrage rechtfertigen sollte.«

»Ihre Anfrage ist nicht zu rechtfertigen. Sie selbst sollten besser als jeder andere die Möglichkeit haben, Antworten auf Ihre Fragen zu bekommen.«

»Na ja, ich möchte meinen Vater nicht in die Sache hineinziehen.«

»Ich auch nicht, gelinde gesagt. Ich kann nichts für Sie tun, junger Mann. Ich habe schon alles gesagt: Das NEP ist ein großartiges Projekt …«

»Das den Planeten retten wird. Ich kenne die Leier. Schönen Tag noch. Bitte entschuldigen Sie die Störung.«

Orion knallte sein Handy auf den Tisch und ließ sich aufs Bett fallen. So ein Mist! Der Typ schien richtig Schiss vor seinem Vater zu haben. Er würde nichts finden.

Je mehr Zeit verging, desto mehr zweifelte er daran, was er am Rumpf des WS-523 gesehen hatte. Vielleicht war es nur eine Spiegelung im Bullauge gewesen oder das Überbleibsel eines Meteoriteneinschlags. Die Uhr tickte monoton vor sich hin, und Orion fielen die Augen zu.

Das Klingeln seines Handys riss ihn aus dem Schlaf. Er nahm ab.

»Mister De Boer?«, fragte er hoffnungsvoll.

»Nein. Hier ist Van Duick.«

»Van Duick? Aber …«

»Wir haben nur wenig Zeit«, unterbrach ihn Van Duick. »Dieses Handy ist mit einem Störsender ausgestattet, aber nach dreißig Sekunden kann das Gespräch verfolgt werden. De Boer ist mein Freund. Er wusste, dass ich dich kurz unterrichtet habe, und hat mich angerufen und mir von deiner seltsamen Anfrage erzählt. Er wollte wissen, ob du vertrauenswürdig bist.«

»Und was haben Sie gesagt?«

»Wenn du Informationen über das NEP haben willst, musst du Neil Harris kontaktieren. Ich wiederhole: Neil Harris. Geh in die Bar der letzten Freuden am Rand der Water-Zone und bestell ihm schöne Grüße von seinem alten Freund Einstein. Er wird mit dir reden.«

Orion verharrte sprachlos vor seinem Handy.

»Hast du verstanden, was ich gesagt habe?«

»Äh… ja. Neil Harris, Bar der letzten Freuden, Grüße von Einstein.«

»Exakt.«

»Dan…ke.«

Zu spät. Van Duick hatte schon aufgelegt.

Orion schaute auf seinen Wecker. 21 Uhr. Der Vorteil eines riesigen Hauses war, dass man sich leicht davonschleichen konnte. Sollten seine Eltern ihn suchen, würden sie denken, er wäre in einem anderen Teil des Gebäudes.

Vor der Garage traf Orion Oskar, der gerade in seinen Wagen stieg, um nach Hause zu fahren.

»Hast du einen Platz für mich frei?«, fragte Orion.

Oskar sah ihn vorwurfsvoll an.

»Ich glaube nicht, dass deine Eltern es gut finden, wenn ich dich um diese Zeit mit aus der Kuppel nehme.«

»Bitte, Oskar, es ist wichtig. Und sie werden es nie erfahren, das schwöre ich.«

»Steckt ein Mädchen dahinter?«, frage Oskar mit einem Augenzwinkern.

»Nein. Na ja, nicht direkt ...«

Oskars Lächeln wurde herzlicher, doch dann setzte er wieder eine strenge Miene auf. *Eine harte Nuss, dieser Oskar,* dachte Orion.

»Du willst doch nicht zu Miranda?«

Orion lachte.

»Miranda? Bestimmt nicht.«

»Na schön, steig ein.«

Nach ein paar Hundert Metern wagte es Orion, noch eine Bitte zu äußern.

»Ich weiß, ich verlange ganz schön viel, aber könntest du mir vielleicht etwas zum Anziehen leihen, was ... nicht ganz so auffällig ist?«

Oskar löste kurz den Blick von der Straße und erwiderte schmunzelnd:

»Sie könnten etwas groß sein, aber hinterm Rücksitz liegen ein paar Wechselklamotten.«

20

ISIS

Mein kleiner Bruder ist eine unermüdliche Nervensäge, ein Lügner und ein Chaot, und er tut den ganzen Tag nichts anderes, als mir das Leben schwer zu machen, aber ... er ist mein Bruder. Und wenn ich länger als fünf Sekunden an ihn denke, muss ich lächeln, ich kann nicht anders. Ich hab ihn einfach lieb.

Es ist ein komisches Gefühl, sein ganzes Leben in einen Koffer zu packen. Erst mal mussten wir überhaupt welche kaufen. Wir sind ja noch nie verreist, daher haben wir nie welche gebraucht ... Bis wir das große Los für die Reise nach New Earth gezogen haben.

Mein Vater hat unseren Monitor im Handelsviertel gegen vier alte Koffer eingetauscht. Seltsam, den einzigen Wertgegenstand, den wir je besessen haben, wegzugeben. Aber laut der Broschüre, die wir bekommen haben, befindet sich in unserer Kabine auf dem Weltenschiff ein doppelt so großer Bildschirm.

Mit dem Elan eines toten Fischs sortiere ich meine Sachen aus. Man hat uns geraten, nur wenig Kleidung mitzunehmen, da wir an Bord neue Uniformen bekommen. Seit ich klein bin, habe ich gelernt, gut auf die wenigen Dinge und Kleidungsstücke zu achten, die ich besitze. Die Sachen nun einfach aufzugeben, ist brutal. Während ich langsam auswähle, was ich mitnehmen werde und was in unserer Hütte bleibt, laufen in meinem Kopf Erinnerungen an glückliche Tage mit Flynn ab – und hin und wieder auch Erinnerungen an den Tag mit Orion. Auf der einen Seite zehn Jahre Freundschaft, auf der anderen Seite nur ein paar Stunden. Trotzdem kommt mir das Bild von Orion schärfer vor, lebhafter. Ich bemühe mich wirklich, mich nicht von der Wehmut hinreißen zu lassen. Aber sie ist stärker als ich. Wie Wellen, die zur Flut anschwellen, wächst die Summe all dessen, was ich verlieren werde, immer weiter und droht, mich zu überschwemmen.

Ich höre ein Schluchzen. Es ist Zach. Mama hat auch ihn gebeten, seine Sachen zu packen. Er weint leise vor sich hin. Ich gehe zu ihm.

»Was ist los, Zach?«

»Mein Reifen«, jammert er. »Mama hat gesagt, dass ich ihn nicht mitnehmen kann.«

Ich betrachte die Ursache seines Kummers. Ein alter Reifen, den er vor langer Zeit im Müll gefunden hat und seitdem den lieben langen Tag mit einem Stock durch die Straßen treibt. Das alte Ding muss die komplette Water-Zone schon mindestens zweihundert Mal durchquert haben. Zuerst finde ich es lächerlich, dass mein Bruder um seinen dreckigen alten Reifen weint. Aber dann versetze ich mich in seine Lage: Es ist nicht leicht, sich zu beschäftigen, wenn man fast nichts besitzt und nicht zur Schule geht ... Und dieses Ding aus dem Müll ist das Spielzeug, das er am meisten liebt. Wenn ich um meine Freunde weine, hat er auch das Recht, um sein liebstes Spielzeug zu weinen. Ich nehme ihn in die Arme und streichle ihm über den Kopf. Klar, Zach ist eine Nervensäge, dessen liebster Zeitvertreib – nach dem Reifenspiel – es ist, mir das Leben zu vermiesen. Trotzdem ist er mein kleiner Bruder. Und er ist unglücklich. Genau wie ich.

Ich singe ihm ein Lied vor, das meine Mutter immer für mich gesungen hat, als ich klein war, und spüre, dass er sich ein bisschen entspannt. Er atmet ruhiger, das Schluchzen wird schwächer und verstummt schließlich ganz.

»Isis, glaubst du, dass wir auf dem neuen Planeten glücklich werden?«

Ich sehe ihn an und zwinge mich zu lächeln.

Er hat die gleichen grünen Augen wie ich. Ein hübscher Junge, mein Bruder.

»Ja«, sage ich. »Du hast doch gesehen, wie glücklich Tante Lily in den Videos ist. Wir machen eine lange Reise in einem fantastischen Raumschiff, und dann bekommen wir unsere eigene Farm, einen Haufen zu essen, und du kannst ganz viele neue Sachen machen.«

»Was für Sachen?«

»Durch den Wald laufen, auf Bäume klettern, in Flüssen baden …«

»Aber es ist gefährlich, in Flüssen zu baden, die sind verschmutzt!«

»Nicht auf New Earth, Zach. Da ist die Natur noch gesund.«

»Und sind die Bäume groß?«, fragt er eifrig.

Ich weiß, dass er sich gerade unser künftiges Leben vorstellt.

»Riesig, Zach. So hoch, dass man ihre Wipfel nicht sehen kann.«

»Wow! Das wird super!«

Ich entdecke das Gesicht meiner Mutter im Türrahmen. Sie lächelt mich an, und ich sehe Dankbarkeit in ihrem Blick. Ich frage mich, wie lange sie uns schon zuhört. Ich frage mich auch, ob sie weiß, dass ich kein einziges von meinen Worten glaube.

Für mich ist die Reise nach New Earth wie ein kleiner Tod. Das Ende von fünfzehn Jahren harter Arbeit, in denen ich mir ein Leben aufgebaut habe, das zwar bei Weitem nicht perfekt ist, aber erträglich. Jetzt werde ich ganz neu anfangen müssen. Alles auf null. Ich kann es drehen und wenden, wie ich will, für mich ist dieser Aufbruch ins Unbekannte die größte Ungerechtigkeit, die mir je widerfahren ist.

Eine Träne läuft mir über die Wange, aber ich sage nichts. Ich möchte Zach keine Angst machen.

21

ORION

Orion stand vor der Bar der letzten Freuden und holte tief Luft. Er hätte nie gedacht, dass er mal den Fuß an einen Ort wie diesen setzen würde, und spielte in Gedanken tausend verschiedene Szenarien durch.

Er stellte sich vor, dass sein Eintritt wie im Film von Totenstille begleitet sein würde und ein Dutzend feindseliger Gesichter ihn dabei anstarren würden. Mit hämmerndem Herzen stieß er die Tür auf. Die Dezibel, die seine Trommelfelle fast zum Platzen brachten, sprachen jedoch eine andere Sprache. Die Bar der letzten Freuden war kein Ort der Stille. Er trat schüchtern ein und stellte fest, dass sich niemand für ihn interessierte, trotz seiner Verlegenheit und seiner viel zu großen Kleidung. Er hatte sich Oskars Hose in der Taille mit einem Schnürsenkel enger gebunden, damit sie ihm nicht bis zu den Knöcheln herunterrutschte. Viele Leute tanzten – manche sogar auf den Tischen –, und der Kartoffelschnaps floss in Strömen. Das war etwas anderes als der vierzig Jahre gereifte Cognac, den sein Vater trank. Es war drückend heiß in der Bar, und der Geruch nach Schweiß und anderen Körperausdünstungen stieg Orion unangenehm in die Nase.

Er tat so, als ließe er sich durch die brodelnde Atmosphäre mitreißen, und begann, inmitten der Leute zu tanzen, um nicht weiter aufzufallen. Dabei rief er sich die Worte von Van Duick ins Gedächtnis: *Neil Harris. Geh in die Bar der letzten Freuden am Rand der Water-Zone und bestell ihm schöne Grüße von seinem alten Freund Einstein. Er wird mit dir reden.*

Orion drehte sich mehrmals um sich selbst. Zu seiner Linken standen ein paar Jugendliche, die dickflüssiges grünliches Zeug aus Plastikflaschen schnüffelten. Man musste kein Hellseher sein, um zu ahnen, dass diese Typen ihm nicht weiterhelfen würden. Sich mit Grünalgen abzuschießen war das beste Mittel, sich die Gehirnzellen wegzuballern. Doch das schien niemanden zu stören. An der Bar erkannte er die Säufer und fragte sich, wer da wen hielt, das Glas den Trinker oder umgekehrt. Auch die sahen wenig vielversprechend aus, und er ging an ihnen vorbei. Im hinteren Teil der Bar entdeckte er ein paar Gäste, die etwas gepflegter gekleidet waren, und erkannte seinesgleichen. Die kamen aus der Kuppel. Vielleicht gefiel ihnen die Stimmung in den Wasserquartieren besser als in den teuren Schuppen der Unantastbaren. Mehrere Mädchen, darunter ein paar ziemlich hübsche, tanzten nah bei der Gruppe und wackelten aufreizend mit den Hüften. Konnte er das Risiko eingehen, sie anzusprechen? Würde man ihn erkennen?

»Hast du dich verlaufen, Kleiner?«, fragte eine Stimme in seinem Ohr.

Orion drehte sich schnell um. Zu schnell. Sein Vater hatte ihm doch genügend Verhaltensregeln eingeschärft. *Man muss seine Gefühle verbergen können, wenn man in der Wirtschaft bestehen will,* hatte er oft genug gesagt. *Die Welt ist ein Haifischbecken. Man muss vor allen auf der Hut und jederzeit bereit sein, anzugreifen und zu töten.* Dieser väterliche Zynismus hatte ihm immer einen Schauer über den Rücken gejagt. Es war schon traurig. Seine Gefühle kontrollieren, sich nichts anmerken lassen, kaltblütig lügen, seinen Gegner auf unbekanntes Terrain führen … Orion hatte diese endlosen Lektionen über sich ergehen lassen und war noch nicht mal in der Lage, sie anzuwenden, wenn es die Situation erforderte. Er hatte sich überrumpeln lassen. Er schwor sich, dass ihm das nicht noch mal passieren würde.

»Zum ersten Mal hier?«, fragte sein mysteriöser Gesprächspartner, wobei er schwankend weitertanzte.

Orion nickte. Er war ertappt worden, was brachte es also, zu lügen?

»Kommst du aus der Kuppel?«

Kurzes Zögern. Erneutes Nicken.

»Hast du Geld?«

»Ja.«

»Was willst du? Mädchen? Einen Shot Grünalgen?«

»Nein.«

Orion musste schreien, um den Lärm zu übertönen. »Ich suche jemanden.«

»Vielleicht kann ich dir helfen«, erwiderte der andere.

»Sein Name ist Neil Harris.«

Der Blick des anderen wurde hart. Irgendetwas flackerte in seinen Pupillen auf. Überraschung? Angst? Schwer zu sagen. Er tanzte wortlos weiter, und Orion verstand. Er zog einen Fünfzig-Dollar-Schein aus der Tasche und schob ihn dem Typen in die Hand.

»Komm mit.«

Orion folgte ihm in Richtung der Toiletten. Schweiß und Alkohol waren schon eine üble Kombination, aber hier mischten sich noch ganz andere Gerüche dazu. Die hygienischen Bedingungen in den Toiletten der Bar der letzten Freuden entsprachen etwa denen im Mittelalter. Bevor Orion begriff, was geschah, schloss sich die Tür hinter ihm, und zwei kräftige Typen in Lederjacken stießen zu seinem Guide.

»Jungs, heute ist unser Glückstag. Der Kleine hat mir gerade einen Fünfziger zugesteckt, damit ich ihn zu Neil bringe. Und ich hab noch einen Haufen Zaster in seiner Tasche gesehen.«

Zweiter Fehler, dachte Orion. Er hatte dem Typen zu viel gegeben und ihn auch noch sein restliches Geld sehen lassen. Gewöhnt an seine Blase hatte er vergessen, dass das Leben außerhalb der Kuppel eher einem Dschungel als einem Freizeitpark glich.

»Du gibst uns jetzt die Kohle, oder wir machen dich kalt.«

»Warte, Joe«, sagte eine der Lederjacken. »Was willst du von Neil? Bist du schwul?«

Orion runzelte die Stirn. Was sollte diese Frage?

»Noch mal: Was willst du von Neil?«

»Mit ihm reden, das ist alles. Einstein schickt mich.«

»Einstein? Scheiße, Kleiner, hättest du das mal früher gesagt. Wir hätten dich fast abgemurkst.«

Orion zuckte mit den Schultern.

»Joe, gib ihm seinen Schotter zurück. Na, wird's bald.«

Joe zog murrend den Schein aus der Tasche.

»Komm mit«, sagte die Lederjacke. »Diesmal ohne Ärger. Du hast mein Wort.«

22

ORION

»Du willst mich sprechen? Wie kommt's?«

Orion ließ sich Zeit, den Mann zu mustern, zu dem man ihn gebracht hatte. Er war um die vierzig, groß und geschmackvoll gekleidet. Modische Jacke, sorgfältige Frisur und ein eleganter Schal um den Hals. Neil Harris war ein Mann, der auf seine Erscheinung achtete.

»Hallo«, sagte Orion. »Ich soll Ihnen schöne Grüße von Einstein ausrichten.«

»Das hat man mir gesagt. Er hat schon lange nicht mehr von sich hören lassen. Ich frage mich, warum er dich zu mir geschickt hat.«

»Er hat gesagt, dass Sie mir Informationen geben könnten.«

»Informationen welcher Art?«

»Über das NEP.«

»Ich verstehe. Weißt du, wer ich bin?«

Orion musterte ihn erneut. Er hatte keinen blassen Schimmer.

»Nein«, gab er zu.

»Dann bin ich im Vorteil, Orion Parker.«

Orion konnte seine Überraschung nicht verbergen.

»Ja, ich kenne dich. Was auch nicht weiter erstaunlich ist, immerhin habe ich drei Jahre damit verbracht, Nachforschungen über das NEP und das Unternehmen deines Vaters anzustellen.«

»Sie sind Journalist?«

»Du konjugierst falsch, lieber Orion. Ich *bin* kein Journalist. Ich *war* es. Ein ziemlich guter sogar, bei aller Bescheidenheit. Aber ich bin keiner mehr, seit ich mich mit dem einen Thema befasst habe, von dem ich lieber die Finger hätte lassen sollen.«

»Dem NEP?«

»Vor etwa zwei Jahren wollte ich die Ergebnisse meiner langen Recherchen zum NEP veröffentlichen und bin dabei auf Widerstände gestoßen.«

»Inwiefern?«

»Insofern, dass meinen engsten Mitarbeitern schreckliche Dinge zugestoßen sind. Zwei Verleger, mit denen ich wegen meines Buchs in Kontakt war, hatten tödliche Unfälle. Der erste hat die Kontrolle über sein Auto verloren, mit vier Promille im Blut, obwohl er nie einen Tropfen getrunken hat. Der zweite ist im Badezimmer ausgerutscht und hat sich den Kopf an der Badewanne aufgeschlagen. Nach diesen Geschichten haben sich die anderen Verleger nicht gerade darum gerissen, mein Buch zu veröffentlichen.«

»Was haben Sie dann gemacht?«

»Ich habe mein Glück bei Zeitungen und Fernsehsendern versucht, ohne Erfolg. Am Ende habe ich eine höfliche Einladung von deinem Vater erhalten. Ich erinnere mich noch an jedes einzelne Wort: *Sehr geehrter Mr. Harris, ich habe von Ihrem Interesse am NEP erfahren. Ich schlage vor, dass Sie der erste Journalist werden, der die Reise nach New Earth antritt. So können Sie Ihre Recherchen abschließen und Antworten auf Ihre Fragen finden. Mit freundlichen Grüßen, Arthur C. Parker.*

»Und Sie wollten sich nicht auf das Abenteuer einlassen?«

Harris begann leise zu lachen.

»Ich habe keine zehn Minuten gebraucht, um meine Koffer zu packen und zu verschwinden. Die Verleger, mit denen ich zusammengearbeitet habe, hatten mir Anonymität garantiert, aber anscheinend haben sie ihr Versprechen vor ihren Unfällen gebrochen.«

»Darf ich fragen, was Sie herausgefunden haben, bevor Sie … hierhergezogen sind?«, fragte Orion und schaute sich in dem schäbigen Zimmer um.

Man sah auf den ersten Blick, dass Harris hier nicht in seinem Element war.

»Vorher habe ich eine Bitte«, entgegnete der Journalist. »Kannst du dich ausziehen?«

Orion riss den Mund auf. Hatte er richtig gehört? Die Frage der schwarzen Lederjacke fiel ihm wieder ein: *Bist du schwul?*

»Ich meine damit, kannst du bitte die Kleidung ablegen?«, sagte Harris mit einem amüsierten Blitzen in den Augen.

Orion rührte sich nicht.

»Ah, ich verstehe. Man hat dir von meiner Neigung erzählt? Ja, ich stehe auf Männer. Aber keine Sorge, nicht auf Teenager. Ich möchte nur sichergehen, dass du nicht verwanzt bist. Es könnte ja gut sein, dass dein Vater dich schickt.«

Orion errötete vom Kopf bis zu den Zehenspitzen. Er schämte sich, dass er die Situation so missdeutet hatte. Er legte Oskars viel zu große Sachen ab und stand in Unterwäsche da.

Harris nickte, und Orion zog sich wieder an.

»Was willst du wissen?«, fragte Harris dann.

»Alles«, erwiderte Orion.

»Ich werde dir zeigen, was ich herausgefunden habe. Aber zuerst möchte ich dein Motiv verstehen.«

Orion erzählte von Isis, und es fiel ihm schwer, seine Gefühle zu verbergen. Anschließend berichtete er von seinem Besuch auf der Weltraumwerft und erwähnte auch den Fleck, den er auf WS-523 gesehen hatte.

Harris hörte ihm aufmerksam zu. Dann holte er einen kleinen Computer hervor und stellte ihn so auf den Tisch, dass Orion den Bildschirm sehen konnte.

»Letzte Chance für einen Rückzieher, Orion«, warnte er. »Wenn ich dir alles gezeigt habe, wird dein Leben nicht mehr dasselbe sein.«

Orion schluckte.

»Ich bin bereit.«

23

ORION

Während Harris sprach, zeigte er Orion verschiedene Dokumente, die seine Schilderungen unterstrichen.

»Ich habe angefangen, mich für das NEP zu interessieren, als einer meiner besten Freunde, der nicht das Glück hatte, sich eine Wohnung in der Kuppel leisten zu können, bei der Lotterie gewonnen hat«, begann Harris. »Ein bisschen war es wie bei dir mit deiner Freundin Isis. Als ich die Menschenmengen gesehen habe, die sich am Stützpunkt versammelt hatten – der übrigens nur wenige Kilometer von hier liegt –, war ich fassungslos. Ich weiß nicht, ob dir klar ist, was es bedeutet, jede Woche zweihunderttausend Amerikaner auf ein Raumschiff zu verfrachten. Ganz zu schweigen von den Menschen aus dem Rest der Welt.«

Orion fiel es tatsächlich schwer, sich das vorzustellen. Das Video, das Harris ihm auf seinem Computer zeigte, machte es etwas anschaulicher.

»Vom Stützpunkt in New York aus startet nur etwa ein Viertel der Siedler aus unserem Land, etwa fünfzigtausend Menschen. Aber das war schon beeindruckend genug. Daraufhin habe ich mir ausgemalt, wie das auf dem Weltenschiff aussehen muss. Eine Million Menschen, stell dir das mal vor! Es ist schon eine gewaltige Leistung, sie alle an Bord zu bringen, aber in logistischer Hinsicht vollbringen die Roboter aus der Firma deines Vaters wahre Wunder. Einer nach dem anderen hoben die Zubringer mit der Regelmäßigkeit eines Metronoms ab. Die Roboter wiesen den Menschen den Weg und führten sie in den Wartebereich, und alles war in freudiger Erwartung wie vor den großen Ferien. Die Siedler schienen überglücklich zu sein, das ewige Grau hinter sich zu lassen und sich auf die verheißungsvolle Reise zu machen. Ich sah das alles ganz anders. Mit dem Auge des Journalisten. Mir schossen tausend Fragen durch den Kopf: Wie viele Tonnen Nahrung muss man mitnehmen, um eine Million Menschen sechs Jahre lang zu versorgen? Wie viele Tonnen Metall braucht man für einen Motor, der ein solches Volumen leisten soll? Welche Mengen Treibstoff für eine derart weite Reise? Und so weiter. Ich habe alles aufgeschrieben und mir geschworen, die Antworten zu finden. Ich habe möglichst diskret

Experten auf der ganzen Welt kontaktiert, und ich bin zu verstörenden Ergebnissen gekommen. Zum Beispiel die Nahrung: Wenn man davon ausgeht, dass man den Passagieren drei Energieriegel am Tag zugesteht, was die einfachste und platzsparendste Möglichkeit ist, um auf ausreichend Nährstoffe und Kalorien zu kommen, braucht man etwa 330 000 Tonnen Energieriegel. Jede Woche verlässt ein Weltenschiff die Erde, an 52 Wochen im Jahr. Also: 52 mal 330 000. Das sind 17 160 000 Tonnen.«

»17 Millionen Tonnen Energieriegel im Jahr?«, wiederholte Orion. »Da wird einem ja schwindelig.«

»Du sagst es. Beunruhigend wird es, wenn man die Mengen errechnet, die jährlich von den Hauptproduzenten von Energieriegeln für das NEP hergestellt werden. Die kommen nämlich gerade mal auf vier Millionen Tonnen.«

»Vier? Mehr nicht? Und woher kommt der Rest?«

»Warte, ich bin noch nicht fertig. Ein anderes Beispiel ist das Metall. Die Menge lässt sich schwerer schätzen, aber alle Spezialisten sind sich einig, dass man schon für ein einziges Weltenschiff eine beachtliche Menge Metall braucht. Angeblich geht jede Woche ein neues Schiff auf die Reise. Und das seit zehn Jahren. Laut den Geologen, die ich befragt habe, ist die für die Konstruktion nötige Eisenmenge für die 523 Weltenschiffe, die angeblich schon auf der Weltraumwerft der Firma Parker gefertigt worden sind, fünfmal höher als das gesamte Eisenvorkommen der Erde …«

»Moment mal, ich komme nicht mehr mit«, unterbrach ihn Orion.

»Ich erkläre dir gerade, dass es unmöglich sein kann, dass jede Woche ein neues Weltenschiff gebaut wird und eine Million Menschen nach New Earth bringt. Es ist rein rechnerisch unmöglich, Orion. Egal, wie man das Problem angeht, die gewaltigen Mengen an Treibstoff, Nahrung oder Rohstoffen lassen ein so gigantisches Projekt gar nicht zu.«

Orion schwieg. Die vielen Zahlen überforderten ihn.

»Ich kann deine Skepsis verstehen. Diese Zahlen sind so unglaublich, dass man sie sich kaum in realen Mengen vorstellen kann. Mit menschlichen Maßstäben ist das schwer nachzuvollziehen. Die Arbeiter des NEP haben jedenfalls keine Zweifel. Ihre Fabriken laufen auf Hochtouren!«

»Sie wollen mir also sagen, dass das New Earth Project eine gigantische Täuschung ist? Ist es das?«, stammelte Orion mit Tränen in den Augen.

»Meiner Meinung nach«, sagte Harris, »hat es New Earth nie gegeben.«

»Aber all die Menschen, die Videos an ihre Familien schicken, was ist aus denen geworden?«

»Das Rätsel habe ich noch nicht gelöst. Aber in einem bin ich mir sicher. Es ist absolut unmöglich, dass fünfhundertzwanzig Millionen Menschen nach New Earth gereist sind. Du hast doch vorhin einen Fleck auf WS-523 erwähnt, der genauso aussah wie der, der durch einen Selbstmordanschlag vor zehn Jahren entstanden ist?«

Orion nickte.

»Ich glaube, dass du richtig gesehen hast. Der Fleck ist derselbe, weil WS-523 kein Raumschiff ist, das frisch aus der Fabrik kommt. WS-523 ist kein anderes als WS-001. Es hat nur die Seriennummer geändert. Es gibt nur ein einziges Weltenschiff, Orion.«

»Haben Sie dafür Beweise? Bilder?«

»Genau da liegt die Brillanz der Führung des NEP. Seit dem angeblichen Terroranschlag sind all ihre Stützpunkte zu Militärzonen ernannt worden, und der Zugang ist streng kontrolliert. Ich hätte gerne mit Angestellten gesprochen, um Beweise zu bekommen, aber es war unmöglich.«

»Wie das?«

»Alles, was auch nur entfernt mit der Logistik des NEP zu tun hat, wird von Robotern erledigt. Alles ist automatisiert. Abgesehen von den Maschinen gibt es keine Zeugen für das, was sich da oben abspielt.«

Das musste Orion erst mal verdauen. Ein einziges Weltenschiff ... Seit er mit seinem Vater die Weltraumwerft besucht hatte, war ihm dieser Gedanken durch den Kopf gespukt. Aber er hatte ihn entschieden von sich gewiesen.

Unmöglich, hatte er gedacht. *Unmöglich, dass mein Vater so etwas tun würde.*

Jetzt aber, in diesem trostlosen Zimmer, konfrontiert mit all diesen Informationen, musste er den Tatsachen ins Auge blicken. Das Unmögliche wurde wahrscheinlich.

»Und was passiert mit den vier Millionen Tonnen Energieriegeln?«, fragte Orion schließlich verzweifelt. »Vielleicht haben Sie den Bedarf der Siedler ja falsch berechnet.«

»Die Menge von vier Millionen Tonnen entspricht etwa dem, was das NEP jedes Jahr in den benachteiligten Vierteln verteilt.«

»Ich kann es nicht glauben«, murmelte Orion. »Und die Millionen Siedler, was passiert mit denen?«

Harris Gesicht wurde ernst.

»Das versuche ich dir ja schon die ganze Zeit zu sagen. Die Reise nach New Earth ist keine Reise zu einem neuen Planeten. Sie ist eine Reise in den sicheren Tod.«

24

ISIS

Ich liebe New York. Das wird mir leider zu spät klar. Bis jetzt habe ich immer davon geträumt, anderswo zu leben. Aber nun, wo ich meine Stadt verlassen muss, zieht sich mein Herz zusammen. Ich habe mich an die Gespenstertürme gewöhnt, an den wild vor sich hin wuchernden Slum und sogar an die riesige Kuppel, die alles überschattet.

Bis zum letzten Moment hoffe ich, dass Flynns Gesicht am Fenster unserer Hütte auftaucht. Oder Orions. Aber die Minuten gehen dahin, ohne dass etwas passiert. Dann schlägt die Stunde der Wahrheit. Ein Cyborg vom NEP steht vor unserer Tür. Wir verlassen das Haus, während der Roboter sich um unser Gepäck kümmert. Unsere ehemaligen Nachbarn bilden zum Abschied ein Ehrenspalier. Ich spüre ihre Blicke auf uns, ein bisschen Traurigkeit, vor allem aber Neid.

Alle wären gerne an unserer Stelle. Das ist so offensichtlich, dass ich kotzen könnte. Ich suche in der Menge nach Flynn, aber er ist nicht da. Dafür entdecke ich Karima, die mich mit ihren hellen Augen anschaut. Ich kann mich nicht erinnern, dass ich sie je so weit entfernt von ihrer Baracke gesehen habe. Umso mehr rührt es mich, dass sie hier ist. Ich gehe zu ihr und umarme sie vorsichtig. Ich habe Angst, sie zu zerdrücken.

»Gute Reise«, raunt sie mir zu, und ein schelmisches Lächeln erhellt ihr zerknittertes Gesicht.

Widerstrebend verlasse ich ihre tröstenden Arme. Wie kann eine so winzige Frau so viel Wärme ausstrahlen? Mit schleppendem Schritt folge ich meiner Familie.

»Lasst mal von euch hören«, ruft ein Nachbar uns nach.

Ich winke den vielen vertrauten Gesichtern höflich zu, dann steigen wir in den Bus. Wir sind nicht die ersten. Etwa zwanzig »Gewinner« sitzen schon auf ihren Plätzen, und es werden immer mehr. Die Fahrt zum Stützpunkt dauert ewig. Ich ermahne mich zur Vernunft. Ein wenig Geduld werde ich wohl noch brauchen. Es dauert einfach seine Zeit, eine Million Menschen an Bord eines Raumschiffs zu bringen. Also nutze ich alle Zwischenstopps, um mir Erinnerungen an New York einzuprägen, meine Stadt. Ich kann nicht glauben, dass ich die Straßen und Plätze nie wiedersehen werde. Manche Gebäude erscheinen mir plötzlich in einem ganz anderen Licht. Im alltäglichen Grau ist mir diese alte Kirche nie aufgefallen oder das Gebäude mit den großen steinernen Bögen. Meine Augen saugen jedes Detail auf und landen schließlich auf der Kuppel. Die riesige Schüssel überragt die ganze Stadt. Drum herum blasen Dutzende Fabriken Abgase in die Luft, garantiert giftige. Müllverbrennung, Wasseraufbereitung, Energiegewinnung. Die vielen geschmacklosen Auswüchse der Industrie stehen in scharfem Kontrast zu der perfekten Symmetrie der Kuppel.

Flynn hat erzählt, dass es drinnen so aussieht wie auf unserem Planeten vor hundert Jahren. Eine falsche Sonne steht an einem falschen Himmel mit falschen Wolken. Eine einzige große Fälschung, das Ganze. Aber ich hätte es trotzdem gerne mal mit eigenen Augen gesehen.

Ich tröste mich mit dem Gedanken, dass ich in sechs Jahren die Sonne angucken kann, so viel ich will. Eine echte Sonne, keine digitale, die auf riesige Leinwände projiziert wird. Der Bus fährt weiter, und die restlichen Sitzplätze füllen sich weiter. Bald werde ich die Kuppel nicht mehr sehen können. Ich drehe den Kopf, um einen letzten Blick darauf zu werfen. Was Orion wohl gerade macht? Wahrscheinlich lacht er sich mit Miranda und den anderen Unantastbaren darüber kaputt, wie sie die Grauen am sozialen Projektnachmittag verarscht haben.

Ich seufze und versuche, einen Strich unter mein bisheriges Leben zu ziehen und unter alles, was hätte sein können. Flynn und Orion gehören jetzt der Vergangenheit an, auch wenn ich nicht glaube, dass ich sie je vergessen werde. *Du wirst neue Freunde finden,* hat meine Mutter gesagt. Gerade in dem Moment steigt ein Junge in meinem Alter mit seiner Familie in den Bus. Oh nein, nicht der! Dieses verschlagene Gesicht mit den tief liegenden Augen und die vorgebeugten Schultern kenne ich. Es ist der Typ, der Orion und mich bedroht hat. Während er durch den Mittelgang schlurft, fängt er meinen Blick auf und erkennt mich wieder. Er lächelt mich an. Ein schadenfrohes Lächeln.

»Hallo, meine Süße«, raunt er mir zu, als er an mir vorbeigeht. »Du glaubst gar nicht, wie ich mich freue, sechs Jahre mit dir in einer Blechdose zu verbringen.«

Mir läuft es kalt den Rücken hinunter. Aber meine Mutter hat recht. Ich werde neue Freunde finden. Und diesem Typen werde ich mit ein bisschen Glück nicht allzu oft über den Weg laufen. Eine Million Menschen sind eine ganze Menge. Trotzdem habe ich ein schlechtes Gefühl. Irgendwie bin ich mir sicher, dass ich noch mal mit ihm zu tun haben werde. Ich schiebe meine plötzliche Unruhe auf den Stress und versuche ihn zu vergessen, obwohl ich seinen Marderblick im Nacken spüre. Zum Glück war der Platz neben mir schon besetzt. Der wäre sicher dreist genug gewesen, sich direkt an mich ranzuschmeißen.

Als der Bus endlich voll ist, fährt er auf eine breitere Straße und nimmt an Geschwindigkeit auf. Nach einer halben Stunde kommt der NEP-Stützpunkt in Sicht. Hunderte Shuttles stehen in langen Reihen zum Start bereit. Die Straße gabelt sich: Siedler nach rechts, Angehörige und Freunde, die beim Abflug dabei sein wollen, nach links. Wir fahren nach rechts.

Ich gebe mir Mühe, meine letzten Minuten als Erdenbewohnerin voll auszukosten.

25

ORION

Seit Orion das Zimmer von Neil Harris verlassen hatte, stand er komplett neben sich. Wieder und wieder gingen ihm dieselben fünf Wörter durch den Kopf.

Mein Vater ist ein Massenmörder.

Er konnte es drehen und wenden, wie er wollte, was Harris ihm berichtet hatte, ließ nur einen Schluss zu. Während seine verzweifelte Hoffnung, dass sein Vater doch unschuldig war, immer kleiner wurde, flammte eine blinde Wut in ihm auf. Warum? Warum hatte er das getan? Während er sich noch über diese Frage den Kopf zerbrach, blitzte eine weitere schreckliche Gewissheit in ihm auf.

Isis wird sterben.

Orion rannte los, wie er noch nie im Leben gerannt war. Seine Lunge brannte, aber er erreichte das Wohnviertel der Water-Zone in Rekordzeit.

Die Vorstellung, dass sie ans andere Ende des Weltraums reiste, war bereits schwer zu akzeptieren gewesen, aber zu wissen, dass sein Vater sie in den sicheren Tod schickte, war einfach nur unerträglich. Er musste es verhindern. Er musste sie retten.

Orion stürzte sich auf den ersten Anwohner, den er sah, einen alten Mann mit einem Krückstock.

»Bitte entschuldigen Sie, Sir, ich suche das Haus von Isis Mukeba.«

»Da kommst du zu spät, junger Mann. Isis und ihre Familie haben ein Ticket nach New Earth gewonnen. Sie sind vor etwa zwei Stunden zum Stützpunkt des NEP aufgebrochen.«

Orion spürte, wie sich sein Herz zusammenzog. Nein, das durfte ihm das Schicksal nicht antun.

Er dankte dem alten Mann und rannte weiter in Richtung Kuppel. Je näher man der Kuppel kam, desto weniger ärmlich wurde die Gegend. Die ersten Autos tauchten auf. Schon von Weitem sah Orion, was er suchte: einen Taxistand. Mit letzter Kraft riss er die Tür des nächsten Taxis auf.

»He, immer mit der Ruhe, Kleiner! Was willst du?«, fragte der Fahrer und musterte ihn missmutig.

Orion konnte es ihm nicht verdenken, als er seine Reflexion im Rückspiegel sah. Er war verschwitzt und atemlos, und in seinen viel zu großen Kleidern sah er aus wie eins der Straßenkinder, die Isis unterrichtet hatte. Doch der Geldschein, den er aus der Tasche zog, besänftigte den Fahrer augenblicklich.

»Wohin wünschen Sie zu fahren, Sir?«

»Zum NEP-Stützpunkt. Ich zahle Ihnen das Doppelte, wenn Sie die Geschwindigkeitsbegrenzung vergessen.«

Das Auto fuhr mit quietschenden Reifen an, der Wasserstoffmotor jaulte auf. *Immerhin muss ich es nicht zweimal sagen,* dachte Orion. Zwanzig Minuten später erreichte das Taxi den Stützpunkt. *Bitte lass sie noch da sein, bitte lass sie noch da sein,* betete Orion im Stillen.

Die Gabelung Siedler/Besucher kam in Sicht.

»Nehmen Sie die Siedler-Spur!«, befahl Orion.

»Unmöglich«, entgegnete der Fahrer.

Orion zog einen ganzen Stapel Scheine hervor.

»Das ist keine Frage des Geldes. Hier wird alles von Robotern überwacht. Nur die Busse vom NEP dürfen in die Abflugzone. Ich kann Sie auf dem Parkplatz rauslassen, der am dichtesten am Boarding-Bereich liegt, mehr kann ich nicht tun.«

»Gut, dann los«, sagte Orion.

Wenn er erst mal da war, würde er schon einen Weg finden.

Das Taxi bremste und hinterließ Reifenspuren auf dem Asphalt. Orion drückte dem Fahrer ein paar Scheine in die Hand und sprang aus dem Wagen.

Draußen versperrte ihm eine dichte Menge die

Sicht. Mit den Ellbogen bahnte er sich einen Weg, ohne auf die empörten Rufe der Umstehenden zu achten, und erreichte die Absperrung vor dem Boarding-Bereich.

»He, mach mal langsam! Wir wollen auch was sehen!«, brüllte eine laute Stimme hinter ihm.

Mit blitzenden Augen drehte er sich um. Der Mann mit der lauten Stimme wich zurück, Orions entschlossener Blick schüchterte ihn ein.

Systematisch suchte Orion die Menge nach Isis und ihren Eltern ab. *Ebenso gut könnte man einen Stern in einer Galaxie suchen*, dachte er. Aber er ließ sich nicht entmutigen. Isis' Leben stand auf dem Spiel. Die Minuten vergingen im Takt der startenden Shuttles.

»Suchst du Isis?«

Orion drehte sich um und stand Nase an Nase mit Flynn. Ihre Blicke waren geladen. Aber keiner der beiden hatte die Kraft zu streiten. Flynn hatte rote Augen und sah aus, als hätte er die ganze Nacht nicht geschlafen.

»Ich muss sie finden«, sagte Orion.

»Bisschen spät, wenn du mich fragst.«

»Sie ist in Gefahr, Flynn«, flüsterte Orion ihm zu. »Sie darf auf keinen Fall in dieses Raumschiff steigen!«

»Reihe 12, Rang 7.«

»Was?«

»Sie ist schon an Bord, Orion. Ihr Shuttle startet gleich.«

»Nein!«, brüllte Orion. »Wir müssen etwas tun!«

In diesem Moment sprang ein Mann über die Absperrung und eilte den künftigen Siedlern nach. Er hatte erst wenige Meter zurückgelegt, als er wie angewurzelt stehen blieb und zuckend am Boden zusammensank.

»Elektrische Minen«, bemerkte Flynn schulterzuckend. »Noch einer, der nicht lesen konnte«, fügte er hinzu und zeigte auf die Schilder, die in regelmäßigen Abständen an der Absperrung hingen.

Orion biss die Zähne zusammen. Ein Gefühl der Ohnmacht überkam ihn, während er zusah, wie die Schlange der Shuttles unbarmherzig weiter vorrückte. Bald war Isis an der Reihe.

»Weißt du, wann genau das Weltenschiff startet?«, fragte Orion.

»Du bist der Sprössling von Parker, nicht ich. Woher soll ich das wissen?«

Orion ließ die Absperrung los und drängte sich zurück durch die Menge. Flynn sah ihm verblüfft nach.

»Willst du nicht warten, bis sie abfliegt?«, rief er ihm nach.

Orion antwortete nicht. Flynn warf einen letzten Blick auf den Shuttle, dann beschloss er schweren Herzens, Orion zu folgen.

Irgendetwas stimmt da nicht, sagte eine Stimme in seinem Kopf, während er Orion nacheilte. Endlich standen die Leute nicht mehr ganz so dicht, und er holte ihn ein.

»Warte doch mal!«

Aber Orion ignorierte ihn weiter.

Flynn hielt ihn fest.

Orion drehte sich um und starrte Flynns Hand auf seinem Arm an.

Doch Flynn ließ ihn nicht los.

»Wir sind hier nicht in der Schule«, sagte er. »Und außerdem sind mir diese schwachsinnigen Regeln scheißegal.«

Orion zog den Arm weg und sah Flynn herausfordernd an.

»Wenn du irgendetwas über Isis weißt, was ich nicht weiß, musst du es mir sagen, sonst ...«

»Sonst was? Sonst schlägst du mich zusammen und gehst für den Rest deines Lebens ins Gefängnis?«

»Wenn es Isis hilft, ist mir das egal«

Orion seufzte. Flynn kannte die Wasserquartiere viel besser als er, und zusammen hatten sie vielleicht eine Chance. In den Windungen seines Gehirns keimte ein Plan. Er zog Flynn beiseite und erzählte ihm, was er wusste.

26

ISIS

Roboter sind der Inbegriff aller Nachteile des Fortschritts. Eine sinnlose Flucht nach vorn, ohne je einen Blick zurückzuwerfen, als wäre alles, was vorher war, schlecht. Die Roboter sind überall und richten ihre leeren Augen auf uns, spiegeln unseren Niedergang. Sie verhaften uns, sie überwachen uns, sie nehmen uns die Arbeit weg. Keiner kann von mir verlangen, auch nur das kleinste bisschen Sympathie für sie aufzubringen.

»GUTEN TAG, MEINE DAMEN UND HERREN. ICH BIN AUF DIESEM FLUG IHRE KYBERNETISCHE BEGLEITUNG. WIR FREUEN UNS SEHR, SIE IM NAMEN DES NEP AN BORD DIESES SHUTTLES BEGRÜSSEN ZU DÜRFEN. UNSER FLUG FÜHRT UNS ZUM WELTRAUMAUFZUG IN MEXIKO UND DAUERT ETWA ZWEI STUNDEN. DANACH GEHT ES DIREKT WEITER ZUM WELTENSCHIFF.«

Die Ansprache des Cyborgs wird mit Applaus quittiert. Scheißroboter. Dieser hier wirkt auch noch menschlich. Ich sehe meine Eltern an, die von einem Ohr zum anderen strahlen. Zach hält die Hand meiner Mutter und schaut sich nervös um. Alles hier ist neu für ihn.

Ich beschließe, mich zurückzuziehen. Keine Lust, in dieser kollektiven Begeisterung zu baden. Ich suche mir einen Platz am Fenster und schaue nach draußen. Der Shuttle hat den Stützpunkt verlassen, und der Boden gleitet immer schneller unter uns dahin. Ein komisches Gefühl. Es ist das erste Mal, dass ich fliege. *Du solltest dich besser daran gewöhnen,* sage ich mir und denke an die sechs Jahre lange Reise, die vor uns liegt.

»GUTEN TAG, MISS. WÜNSCHEN SIE EINEN IMBISS?«

Ich drehe mich um und sehe eine Cyborg-Stewardess vor mir. Sie wartet mit einem starren Lächeln auf meine Antwort.

»Ich spreche nicht mit Blechkonserven«, entgegne ich.

»BEI ALLEM RESPEKT, MISS, ICH BIN KEINE BLECHKONSERVE. ICH BIN EIN ANDROID DER NEUESTEN GENERATION AUF DEM AKTUELLEN STAND DER TECHNIK. ICH STEHE IHNEN JEDERZEIT ZUR VERFÜGUNG UND WÜNSCHE IHNEN EINE ANGE-

NEHME REISE. SOLLTEN SIE SPÄTER NOCH ETWAS BRAUCHEN, ZÖGERN SIE NICHT, SICH AN MICH ZU WENDEN.«

Zögern Sie nicht, sich an mich zu wenden… Wer bitte redet so? Außerdem sind diese Roboter ganz schön empfindlich! Sie hätten ruhig eine robustere Version nehmen können, um die Einwohner der Wasserquartiere zum Weltenschiff zu begleiten. Ich sehe zu meiner Familie hinüber. Sie haben die Hände voll mit Essen. Meine Mutter fängt meinen Blick auf und kommt zu mir.

»Willst du nichts essen, mein Schatz? Das ist echter Orangensaft, möchtest du mal probieren?«, fragt sie und reicht mir ihr Glas.

»Nein, danke. Ich habe keinen Hunger.«

Meine Mutter hakt nicht nach. Sie kennt mich gut genug, um zu wissen, dass sie nichts tun kann, wenn ich in dieser Stimmung bin. Wahrscheinlich tröstet sie sich mit dem Gedanken, dass es nicht allzu lange dauern wird, so wie immer… Aber ich glaube, diesmal irrt sie sich. Ich drehe mich wieder zu den Bullaugen.

Weniger als eine Minute später spüre ich, dass sich jemand auf den Sitz neben mir setzt. Wenn das wieder dieser verdammte Roboter ist, dann…

Aber nein. Es ist nicht der Roboter. Viel schlimmer. Es ist der Typ mit dem Mardergesicht.

»Keine Lust, dir den Bauch vollzuschlagen?«, fragt er.

»Keine Lust, mit dir zu reden. Oder dich zu sehen. Aber ich habe wohl keine Wahl. Ich habe in letzter Zeit überhaupt keine Wahl mehr, scheint es.«

»Sind das deine Eltern, die mit dem Kleinen?«, fragt er, ohne auf meine Worte einzugehen.

»Was geht dich das an?«

»Nichts. Ich versuche nur, mich zu unterhalten, das ist alles.«

»Ich unterhalte mich nicht mit Leuten, die versucht haben, mich auszurauben«, gebe ich zurück.

»Dafür möchte ich mich entschuldigen.«

Damit habe ich nicht gerechnet. Ich sehe ihm in die Augen. Er scheint es wirklich ernst zu meinen.

»Meine Eltern sind die, die sich am Buffet vollstopfen. Die ohne ein Gramm Fett auf den Rippen. Wir hatten so gut wie nie was zu essen. Deshalb konnte ich auch nicht widerstehen, als ich die Schuhe von deinem Kumpel gesehen habe. Für die Treter hätte ich genug Essen kaufen können, um meine Familie eine Woche zu ernähren.«

»Und, juckt das Gas noch?«, frage ich hämisch.

»Ich hab ganz schön was eingesteckt. Zwei Tage gehustet und noch einen Tag länger die Augen nicht aufgekriegt. Sie sind immer noch rot, wie du siehst. Aber so ist das Leben. Wenn man sich Unbekannte auf der Straße vornimmt, besteht immer das Risiko, dass sie sich verteidigen.«

Ich schweige. Ich würde ihn gerne weiter hassen, aber seine Geschichte erinnert mich an die vieler verlorener Kinder, die mein Freund Hasard unter seine Fittiche genommen hat. Und ich weiß nur zu gut, dass keins von ihnen das Monster ist, für das man sie gerne halten würde. Wenn man am Verhungern ist, ist es dann ein Verbrechen, sich Essen zu besorgen?

»Ich heiße Zeke«, sagt der Junge und reicht mir die Hand.

»Isis. Aber deine Hand kannst du stecken lassen. Sei froh, dass ich überhaupt mit dir spreche.«

Zeke lacht leise.

»Du bist echt 'ne harte Nuss. Das gefällt mir. Ich bin sicher, dass wir uns gut verstehen werden. Ich bin dir was schuldig, Isis. Du musst wissen, dass Zeke seine Schulden immer bezahlt.«

»IMMACULÉ-SISSY MUKEBA?«

Wer hat dem verdammten Androiden meinen Namen verraten? Na toll, jetzt weiß Zeke, wie ich wirklich heiße. Ich werfe ihm einen drohenden Blick zu, damit er bloß die Klappe hält. Er hebt beschwichtigend die Hände, aber ich bin sicher, dass ich in seinen Augen ein belustigtes Blitzen gesehen habe.

»Das bin ich«, antworte ich.

»SIE MÜSSTEN BITTE KURZ MITKOMMEN.«

Ich runzle die Stirn.

»Ich habe keinen Hunger und keinen Durst, vielen Dank.«

»DARUM GEHT ES NICHT. DAS WELTENSCHIFF IST AUS SICHERHEITSGRÜNDEN MIT EINEM STIMM- UND GESICHTSERKENNUNGSPROGRAMM AUSGESTATTET. WIR MÜSSEN IHREN DIGITALEN ABDRUCK SPEICHERN, DAMIT SIE ZUGANG ZU ALLEM HABEN, WAS SIE AUF DEM SCHIFF BRAUCHEN. ES WIRD NUR WENIGE MINUTEN DAUERN.«

Perplex stehe ich auf und folge der Blechfrau, die mich in eine kleine Kabine im hinteren Teil des Shuttles führt.

»ALLE PASSAGIERE MÜSSEN SICH DIESER FORMALITÄT UNTERZIEHEN. SEIEN SIE UNBESORGT, ES TUT NICHT WEH.«

Ich betrete die Kabine, deren Tür sich zischend hinter mir schließt. Zum Glück habe ich keine Platzangst. Ein blauer Lichtstrahl kommt von der Decke und tastet die Konturen meines Körpers ab. Anscheinend eine Art Scanner. Ich zucke zusammen, als die Maschine anfängt, mit mir zu sprechen. Die Roboter der Firma Parker sind eindeutig zu geschwätzig. Ich soll einen Text von dreißig Zeilen vorlesen. Ich tue es folgsam, dann gibt die Kabine mich wieder frei. Draußen wartet bereits der nächste Passagier.

Bevor ich mich wieder auf meinen Platz setze, gehe

ich zum Buffet. Mmh, echter Orangensaft. Ich glaube, ich habe erst einmal welchen getrunken, an meinem fünften oder sechsten Geburtstag. Vorsichtig nehme ich mir ein Glas und führe es an die Lippen. Ich muss die Augen schließen, so gut schmeckt es.

Zum ersten Mal kommt mir der Gedanke, dass diese Reise vielleicht auch etwas Gutes hat.

27

ORION, FLYNN

Neil Harris musterte die beiden Jungen missmutig.

»Euch werde ich so schnell nicht mehr los, was?«

Ihre entschlossenen Gesichter waren Antwort genug.

»Ist euch klar, dass die Wahrscheinlichkeit, sie lebendig wiederzusehen, jetzt, wo sie bereits im Shuttle sitzt, etwa so groß ist wie die Wahrscheinlichkeit, dass hier bald wieder die Sonne scheint?«

»Warum haben Sie Ihre Informationen nicht öffentlich gemacht?«, fuhr Orion ihn an.

»Das habe ich dir doch schon gesagt. Meine Verleger sind tot, und niemand will sich mit dem NEP anlegen.«

»Es gibt auch andere Wege. Das Internet zum Beispiel.«

Harris begann zu lachen.

»Wisst ihr, was so komisch an euch jungen Leuten ist? Ihr denkt, alles sei ganz einfach. Euer Idealismus ehrt euch, aber die Welt, in der wir leben, ist nicht so, wie ihr sie euch vorstellt. Ja, ich hätte meine Informationen im Netz veröffentlichen können. Aber ihr scheint nicht zu wissen, dass das NEP eine Überwachungszelle eingerichtet hat.«

»Was soll das sein?«, fragte Flynn.

»Das NEP beschäftigt eine riesige Armee an Informatikern, die den ganzen Tag das Netz durchforsten und jede problematische Information sofort löschen. Sie verfügen über eine hocheffiziente Software. Jede Veröffentlichung wird innerhalb von fünf Sekunden gesperrt und anschließend von menschlichen Mitarbeitern geprüft. Wenn sie die Daten für sensibel halten, löschen sie sie und melden sie den taktischen Einheiten. Die wiederum verfolgen die Urheber der Informationen in der echten Welt. Das ist eine Überwachungszelle. Und ich versichere dir, dass man lieber nicht von ihr ins Visier genommen wird.«

Orion seufzte. Seit seiner eigenen fruchtlosen Recherche im Internet hatte er keinen Zweifel daran, dass eine solche Einheit existierte. Harris bestätigte nur seine Vermutung. Ein Puzzleteil nach dem anderen fügte sich zusammen, und jedes verringerte seine geheime Hoffnung: dass sein Vater von der schrecklichen Wahrheit nichts wusste.

»Gibt es keine Möglichkeit, diese Überwachungszelle auszuschalten?«

»Machst du Witze?«, gab Neil Harris zurück.

»Unsere Freundin wird sterben, Mr. Harris! Sehe ich so aus, als würde ich Witze machen?«

Plötzlich fühlte Harris sich klein neben diesem fünfzehnjährigen Jungen. Man erahnte schon den Mann, der er einmal sein würde.

»Ihr wollt euch mit der Überwachungszelle anlegen? Das ist Wahnsinn.«

»Warum?«

»Weil sie sich ganz oben im NEP-Tower befindet.«

»Hier in New York?«

»Ja.«

»Gut, und wie kann man sie unschädlich machen?«

»Ich bin natürlich kein Informatiker, aber ich denke, dass man die Stromversorgung unterbrechen müsste, damit die Zelle für einen gewissen Zeitraum handlungsunfähig ist. Solche Einrichtungen verfügen allerdings über gigantische Notstromaggregate. Man müsste dafür sorgen, dass die nicht anspringen. Das heißt, man müsste in den Tower. Und dafür bräuchte man eine kleine Armee.«

»Es ist also nicht unmöglich«, sagte Orion.

»Aber …«

»Können Sie mir alle Beweise anvertrauen, die Sie sichergestellt haben?«, fragte Orion.

»Mit Vergnügen. Aber es wird nicht reichen, dass ihr ihnen den Strom abschneidet und die Informationen veröffentlicht.«

»Warum nicht?«

»Das NEP kann sich die besten Anwälte leisten. Sie werden die ganze Welt davon überzeugen, dass meine Beweise ein Haufen Lügen sind, und alles dafür tun, ihre Taten zu vertuschen.«

»Gibt es denn eine andere Möglichkeit, den Menschen die Wahrheit zu zeigen?«

»Höchstens ein Geständnis. Ein Geständnis aus den obersten Rängen des NEP. Ich habe es schon gesagt, es ist quasi unmöglich, die Wahrheit ans Licht zu bringen. Sonst hätte ich es längst getan.«

»Das glaube ich nicht«, widersprach Orion. »Ich glaube, dass Sie einfach nicht den Mut hatten, es durchzuziehen. Und ich glaube, wenn Sie den Mut gehabt hätten, wären Millionen Menschen noch am Leben.«

Neil Harris schwieg. Dieser Junge hatte ihm den Spiegel vorgehalten wie niemand zuvor. Er senkte den Blick. Plötzlich kam er sich lächerlich vor mit seinem schicken Anzug und dem teuren Schal, eingesperrt in dieses schäbige Hotelzimmer. Orion Parker hatte recht. Er hatte nicht den Mut gehabt, dem NEP die Stirn zu bieten.

Er überreichte dem jungen Unantastbaren seinen

Computer und hoffte, dass ihm gelingen würde, was er selbst nicht gewagt hatte.

»Viel Glück«, murmelte er und blickte den beiden Jungen nach, die es mit der mächtigsten Organisation der Welt aufnehmen wollten, und das nur aus einem Grund: weil sie in dasselbe Mädchen verliebt waren.

28

ISIS

»Geduld ist ein Baum mit bitteren Wurzeln und süßen Früchten.« Ein weises Sprichwort, gegen das ich mich bisher immer aufgelehnt habe. Ich bin einfach nicht fürs Warten gemacht.

Nachdem uns der Weltraumaufzug ausgespuckt hat, bringt uns der Shuttle zum Weltenschiff. Erst als wir am gigantischen Rumpf entlangfliegen, wird mir die unfassbare Größe dieses Raumschiffs so richtig klar. An der Seite befindet sich eine riesige Öffnung, in die die Shuttles vor uns hineinfliegen. Schon machen wir dasselbe. Hinter uns schließt sich die Luftschleuse, und der Shuttle landet sanft. Eine mechanische Stimme spult ihre Willkommensrede ab.

»SIE BEFINDEN SICH JETZT IN DER ANKUNFTSHALLE AN BORD DES WELTENSCHIFFS. OBWOHL SIE IHRE KABINENNUMMER BEREITS ERHALTEN

HABEN, BITTEN WIR SIE NOCH UM ETWAS GEDULD. SIE WERDEN IN KÜRZE IN KLEINEN GRUPPEN ZU IHREN KABINEN GEFÜHRT. BITTE HABEN SIE VERSTÄNDNIS, DASS DIESER VORGANG EINE WEILE DAUERN WIRD. FOLGEN SIE IHREN MITREISENDEN UND BLEIBEN SIE ZWISCHEN DEN GELBEN LINIEN. VIELEN DANK FÜR IHR VERSTÄNDNIS UND GUTE REISE NACH NEW EARTH.«

Es fällt mir schwer, mir vorzustellen, dass wir in der Erdumlaufbahn schweben. Wir gehen die Rampe hinunter, die an der Rückseite unseres Shuttles ausgefahren wird, und betreten die Ankunftshalle. Ich schaue mich um. Schon allein dieser Raum ist unvorstellbar groß. Shuttles, so weit das Auge reicht. Und aus allen Shuttles kommen Reisende und folgen den gelben Linien, wie Hunderte Bächlein, die sich in einen Fluss ergießen. Schon bald wird der Fluss zum Strom, so viele Menschen sind es.

»Wie Ölsardinen in der Büchse.«

»Wie bitte?« Ich drehe mich um.

Es ist Zeke.

»Ich hab gesagt, wir sind wie Ölsardinen in der Büchse. Oder wie Mastvieh, wenn du das treffender findest. Ich glaub, ich ersticke gleich.«

Mir geht es ähnlich. Aber ich sage nichts. Zach greift nach meiner Hand und lässt den Blick staunend durch die riesige Stahlkathedrale schweifen, in der wir uns befinden. Ich kann mir vorstellen, wie wunderbar das alles in seinen Augen aussehen muss. Es geht nur langsam voran, Schritt für Schritt in diesem trägen Menschenstrom. Nach etwa zwei Stunden haben wir kaum hundert Meter zurückgelegt, und das Ende der Schlange ist noch längst nicht in Sicht.

Ein Dröhnen lässt mich zusammenzucken. Ich sehe, dass die Leute um mich herum ebenfalls erschrocken um sich blicken.

»DAS WELTENSCHIFF HAT NUN SEINE STARTPOSITION VERLASSEN UND ZÜNDET DEN FUSIONSREAKTOR. WIR STEUERN JETZT DEN MOND AN, WO WIR UNSERE FINALE REISEGESCHWINDIGKEIT AUFNEHMEN WERDEN.«

Applaus begleitet den Start, aber die Begeisterung legt sich schnell wieder, gedämpft von der Aussicht auf die lange Wartezeit.

»Das kann ja Tage dauern«, murrt Zeke.

Er und seine Eltern stehen neben uns in der Schlange.

»Ich wüsste gerne, warum es nicht weitergeht«, sage ich.

»Was hindert uns daran, mal gucken zu gehen?«, schlägt er mit blitzenden Augen vor.

»Du machst dir nichts aus Regeln, was?«, zische ich.

»Was nützen Regeln, wenn niemand sie bricht?«

Komische Philosophie. Aber diese ewige Warterei nervt mich auch, und Zekes Vorschlag verspricht etwas Abwechslung.

»Hast du deine Kabinennummer?«, fragt er.

Ich blicke auf mein Handgelenk. Wie allen anderen hat man mir ein Identifikationsarmband mit meiner Kabinennummer gegeben. Ich lese: Reihe 56, Etage 15, Kabine 808.

»Klar, wie alle hier.«

»Also, was soll schon passieren? Wir schauen nach, was da vorne los ist, dann kommen wir wieder. Im schlimmsten Fall treffen wir unsere Familien in der Kabine, falls wir sie hier nicht wiederfinden sollten.«

Zeke hat recht. Den Abflug können wir nicht mehr verpassen, wir sind ja schon an Bord. Und wenn wir uns verlaufen, bleiben uns sechs Jahre, um unsere Kabinen zu finden. Das sollte reichen. Ich drehe mich zu meinen Eltern um.

»Wie gehen mal ein Stück vor und schauen nach, warum es nicht weitergeht. Wir sind gleich wieder da.«

»Nein, Isis«, protestiert meine Mutter. »Lass uns zusammenbleiben. Bei den vielen Menschen können wir uns leicht verlieren.«

Ich zeige ihr mein Armband.

Mein Vater zuckt mit den Schultern. Er würde selbst gerne wissen, warum wir hier schon seit einer Ewigkeit rumstehen, da bin ich mir sicher. Von irgendwem muss ich meine Ungeduld ja haben. Ich werte sein Schweigen als Erlaubnis. Schnell gebe ich meiner Mutter einen Kuss auf die Wange, fahre Zach durch die Haare und folge dann Zeke durch die Menge. Wenn Orion uns so sehen könnte … Ich muss grinsen, als ich mir sein Gesicht vorstelle.

»Was ist so komisch?«

»Nichts, geh weiter.«

Wir kommen nur vorwärts, weil wir die berühmten gelben Linien übertreten. Die anderen werfen uns irritierte Blicke zu.

»He! Stellt euch hinten an wie alle anderen auch!«, ruft uns ein großer Typ hinterher.

»Wir schauen nur mal nach, warum es nicht weitergeht«, erwidere ich. »Wir kommen gleich zurück.«

Meine Antwort scheint ihn zu besänftigen, denn er sagt nichts mehr. Wir schieben uns weiter an der Schlange vorbei. Aus den Augenwinkeln mustere ich die Roboter, die etwa alle dreißig Meter postiert sind. Ich weiß, dass sie uns sehen. Und ich weiß auch, dass sie registrieren, dass wir uns nicht innerhalb der vorgeschriebenen Grenzen befinden. Warum sie wohl nicht eingreifen? Nach etwa zweihundert Metern kommen wir nicht mehr weiter, vor uns ist eine besonders dichte Menschenansammlung. Eine Mutter mit einem kleinen Jungen in Zachs Alter an der Hand diskutiert mit einem Roboter.

»Er muss dringend auf die Toilette! Können Sie uns bitte hinbringen?«, fragt sie. Ich merke, dass ich selbst auch mal muss.

»SIE WERDEN SCHON BALD IN IHRE KABINE GEBRACHT, WO SIE ÜBER EIGENE SANITÄRANLAGEN VERFÜGEN. BIS DAHIN BITTEN WIR SIE UM ETWAS GEDULD. BITTE BEGEBEN SIE SICH WIEDER IN DIE WARTESCHLANGE.«

»Oh Mann! Verstehst du nicht, was sie sagt?«, schimpft der Vater. »Wir brauchen eine Toilette! Und nicht in sechs Jahren, sondern jetzt!«

»MEINE SENSOREN REGISTRIEREN EINE GEWISSE AGGRESSION. ICH MÖCHTE KEINE GEWALT ANWENDEN, ABER ICH BIN DAZU BERECHTIGT, WENN SIE SICH NICHT RUHIG VERHALTEN.«

Deutlicher könnte die Drohung kaum sein. Dieser Roboter kommt mir weniger zimperlich vor als die Stewardessen im Flugzeug. Wahrscheinlich eine ältere Generation. Der kleine Junge fängt an zu weinen.

»Mama, Mama, ich hab Pipi in die Hose gemacht«, heult er.

Ich sehe, dass die Augen seiner Mutter wütend aufblitzen. Sie beugt sich zu ihrem Sohn und tröstet ihn.

»Das ist nicht schlimm, Isaak, du kannst nichts dafür.«

Plötzlich bin ich richtig wütend. Warum gibt es bei dieser ewigen Wartezeit keine Toiletten? Zeke und ich nutzen das Durcheinander, um weiterzugehen. Die meisten Leute haben sich mittlerweile auf den Boden gesetzt. Wie lange warten sie wohl schon? In regelmäßigen Abständen müssen wir Urinpfützen und sogar Fäkalien ausweichen. Ich kann mir die Beschämung der Menschen vorstellen, die ihre Notdurft vor den anderen verrichten mussten. Das ist wirklich ein Skandal! Meine Wut wird immer größer.

Etwas weiter vorn gibt es schon wieder einen kleinen Tumult. Diesmal ist es eine Gruppe Männer, die Erklärungen fordern. Mehrere Roboter haben ihre Beobachtungsposten verlassen und bilden eine Front gegen die Aufrührer. Einer der Männer schubst einen Roboter, und es geschieht das Unvermeidliche: Die Maschinen teilen Schläge und Elektroschocks aus. Schreie ertönen, Blut fließt. Dann wird es wieder ruhiger. Die verletzten Männer ziehen sich murrend zurück und müssen sich ihre Ohnmacht eingestehen. Gegen Gegner aus Metall kann man nicht gewinnen.

»Hast du das gesehen?«, flüstert Zeke. »Wenn weitere Roboter zur Unterstützung rauskommen, bleiben die Metalltüren an der Wand für ein paar Sekunden geöffnet.«

»Ja, und?«, frage ich verständnislos.

»Wenn das nächste Mal ein Roboter rauskommt, schleichen wir uns durch.«

»Bist du verrückt?«

Zeke grinst mich nur an und schlängelt sich weiter durch die Wartenden, den Blick auf die Wand gerichtet.

»Willst du nicht wissen, wohin sie uns bringen?«, fragt er.

Ich verziehe das Gesicht. Unsere Ankunft ist längst nicht so komfortabel, wie es uns die Broschüren versprochen haben, und ein ungutes Gefühl steigt in mir auf. Vielleicht hat Zeke recht. Plötzlich will auch ich wissen, was uns am Ende dieses Gangs erwartet.

Es dauert nicht lange, bis sich eine Gelegenheit ergibt. Nicht weit entfernt kommt es zu erneuten Protesten. Diesmal verlangen zwei Frauen, dass man ihnen etwas zu trinken gibt. Die Roboter wiederholen ihre Warnleier, aber die Wut der Umstehenden wächst. Bald kommen weitere Roboter durch eine Schiebetür, um ihre Kollegen zu unterstützen.

Wie zwei Schatten nutzen wir den Aufruhr und huschen durch die Öffnung. Schon schließt sich die Tür hinter uns. Wir sind durch!

Wir finden uns in einem engen, dunklen Gang wieder. Etwa alle zehn Meter spendet die Notbeleuchtung ein schummriges Licht. Wir folgen den kleinen Lichtinseln um mehrere Ecken. Der Gang ist nicht sehr hoch, und ich komme mir wie ein Maulwurf unter der Erde vor. Auch wenn der Himmel von New York immer grau war, hatte man darunter doch ein

Gefühl von Freiheit. Ich bin es nicht gewohnt, eingesperrt zu sein.

»Alles okay?«, fragt Zeke, der mein Unbehagen bemerkt.

»Alles okay. Gehen wir weiter.«

29

FLYNN

Flynn zog die Ruder mit aller Kraft durchs Wasser, und das Boot nahm ordentlich Fahrt auf. *Plan B,* grummelte er vor sich hin. *War ja klar, dass Mister Unantastbar für Plan A zuständig ist …* Flynn versuchte, die Route durch das Labyrinth der Türme von Manhattan zu finden, die Orion ihm beschrieben hatte. Es fiel ihm schwer zu verdauen, dass Isis Orion mit zu diesem Hasard genommen hatte, von dem er selbst bis vor Kurzem nichts gewusst hatte. Doch so schnell, wie seine Wut aufgeflammt war, legte sie sich wieder. Wie konnte er Isis Vorwürfe machen, wenn sie in Lebensgefahr schwebte? Während er verbissen weiterruderte, dachte er daran, was dieser Journalist herausgefunden hatte. Es war schlichtweg unglaublich. Obwohl er die Unantastbaren schon immer gehasst hatte, hätte Flynn es nie für möglich gehalten, dass sie zu solchen Gräueltaten fähig waren. Nur ein durch und durch krankes Hirn konnte darauf kommen, eine Glückslotterie zu veranstalten, die die hoffnungsvollen Gewinner zu ihrer eigenen Hinrichtung führte.

Aber wie werden sie getötet?, fragte er sich plötzlich. Schnell schob er den Gedanken weit von sich. Lieber nicht darüber nachdenken.

»Wer da?«

Flynn zuckte zusammen und hätte beinahe ein Ruder ins Wasser fallen lassen.

»Ich komme im Auftrag von Isis.«

»Isis ist weg«, sagte der Wächter, der den Kopf durch das Fenster streckte, hinter dem er scheinbar Wache gehalten hatte.

»Ich weiß. Deshalb bin ich hier. Ich muss mit Hasard sprechen.«

Der Wächter gab Flynn ein Zeichen, ihm zu folgen, und führte ihn zu seinem Boss.

»Hallo, Flynn.«

»Äh… hallo«, stammelte der. »Woher kennst du meinen Namen?«

»Eine Bohnenstange mit wildem Haar und sanftem Blick. Du siehst genau so aus, wie Isis dich beschrieben hat.«

»Isis hat von mir gesprochen?«

»Isis war meine Freundin. Du warst ihr Freund. Ist doch klar, dass man übereinander redet, oder nicht?«

Eine Welle der Gefühle flutete Flynns Brust. Er hatte sehr wohl begriffen, dass Isis nie dasselbe für ihn empfinden würde wie für Orion, und die Erkenntnis hatte ihn am Boden zerstört. Aber zu wissen, dass Isis ihn genug schätzte, um diesem Hasard von ihm zu erzählen, tat gut.

»Kommst du, um ihre Stelle zu übernehmen?«, fragte Hasard.

Flynn brauchte ein paar Sekunden, um zu verstehen, was er meinte. Dann fiel ihm ein, was Orion ihm erzählt hatte. Isis. Die verlorenen Kinder. Die geheime Schule.

»Äh … nein. Deswegen bin ich nicht hier. Ich muss mit dir über das NEP sprechen.«

»Das interessiert mich nicht. Die meisten dieser Kinder existieren auf dem Papier nicht mal. Haben also auch kein Recht, an der Lotterie teilzunehmen. Unsere Zukunft ist hier, in diesen Türmen, die jeden Tag den Wellen des Ozeans trotzen.«

»Ein Glück für euch«, sagte Flynn und warf einen Blick auf die Kinder, die neugierig näher gekommen waren, um das Gespräch zu verfolgen.

Schmutzige, abgezehrte Gesichter mit Narben und Blicken, die an Raubtiere erinnerten. Gesichter, die einen umkehren ließen, wenn sie einem in einer dunklen Gasse entgegenkamen. Wie hatte Isis es fertiggebracht, sie zu unterrichten? Darauf würde er wohl nur eine Antwort bekommen, wenn er das NEP daran hinderte, sie umzubringen.

»Das New Earth Project ist eine riesige Täuschung«, begann er. »Es gibt keine neue Erde. Das NEP schickt jede Woche eine Million Arme in den Tod, das ist alles. Es gibt keine Reise und auch keine eigene Farm. Nur den Tod.«

Ein Raunen ging durch den Hörsaal, in den man Flynn gebracht hatte.

»Ruhe!«, knurrte Hasard. »Wenn du mich verarschst«, wandte er sich drohend an Flynn, »wirst du es bereuen, das schwöre ich dir.«

»Es ist die Wahrheit! Sie haben schon Millionen Menschen getötet! Und diesmal werden sie Isis töten. Hier, ich habe Beweise mitgebracht.«

Flynn schaltete den kleinen Computer ein, den Neil Harris ihnen überlassen hatte, und zeigte Hasard die wichtigsten Berechnungen des Journalisten.

Hasard studierte die Dokumente stirnrunzelnd, dann erhob er sich mit finsterem Gesicht.

»Er sagt die Wahrheit«, erklärte er laut, damit alle ihn hören konnten. »Ruft zur Vollversammlung!«

Innerhalb weniger Minuten war der Raum voller Kinder jeglichen Alters. Hasard tigerte in der Mitte auf und ab und stieß von Zeit zu Zeit einen Fluch aus. Als der Großteil seiner Schützlinge eingetroffen war, wandte er sich an Flynn.

»Du bist sicher nicht zum Spaß hier. Können wir sie noch retten?«

»Ja. Eine Möglichkeit gibt es. Eine winzige Chance.«

Hasard wandte sich an die verlorenen Kinder. Sein Gesicht war sehr ernst. Der Hörsaal war jetzt voll.

»Freunde«, begann er. »Das hier ist Flynn. Er ist ein Freund von Isis. Und er hat schreckliche Neuigkeiten: Die Lotterie des NEP ist eine Täuschung. Das NEP schickt Millionen Menschen in den Tod. Isis gehört zu den nächsten Opfern. Seid ihr bereit, sie zu retten?«

Ein Brausen erhob sich in den Reihen und endete in einem gewaltigen Brüllen:

»A-hu, a-hu, a-hu!«

Die Mauern des Gebäudes zitterten, und Flynn bekam Gänsehaut.

Orion wollte eine Armee? Hier hatte er sie.

30

ORION

Orion blieb auf der Schwelle stehen. Nie zuvor hatte er solche Angst davor gehabt, nach Hause zu kommen. In wenigen Minuten würde er Gewissheit haben. Orion hoffte von ganzem Herzen, dass sein Vater nichts von dem Massenmord wusste, der hinter der Geschichte des NEP steckte. Dann würde es nicht schwer werden, ihn zu überzeugen, die Todesmaschinerie zu stoppen, bevor sie eine weitere Million Unschuldige vernichtete, und Isis wäre gerettet. Doch wenn das Gegenteil der Fall war, blieb nur Plan B …

Orion versuchte, sich an die Lektionen seines Privatlehrers zu erinnern. Welche Ironie: Sein Vater hatte ihm selbst die Waffen geliefert, die es ihm vielleicht ermöglichen würden, ihn zu überlisten. Er ging in Gedanken ein letztes Mal seine Strategie durch, dann öffnete er die Tür.

»Du lieber Himmel, Orion, du hast uns einen ganz schönen Schrecken eingejagt!«, rief seine Mutter, als er hereinkam. »Wo warst du denn? Du warst ja Stunden unterwegs.«

»Ich hatte zu tun.«

»Schön, dich zu sehen, mein Sohn«, bemerkte Arthur Parker trocken.

»Wir müssen reden, Vater.«

Arthur Parker zog eine Augenbraue hoch und gab seinem Sohn ein Zeichen, sich aufs Sofa zu setzen.

Regel Nummer eins: Begib dich niemals in eine unterlegene Position.

Orion lehnte ab und setzte sich auf einen Stuhl am Esstisch. Sein Vater tat es ihm gleich.

»Worüber möchtest du reden?«

Regel Nummer zwei: Leg die Karten nicht gleich offen auf den Tisch.

»Über Dinge, die du vergessen hast, mir zu sagen«, erwiderte Orion.

Arthur Parker ließ sein Raubtierlächeln aufblitzen.

»Worum geht es, Orion? Willst du wissen, wie man Kinder macht? Wann ich das erste Mal betrunken war?«

Regel Nummer drei: Lass dich niemals aus dem Konzept bringen.

»Es geht um unseren Besuch auf dem Gelände des NEP.«

»Ah. Dabei hatte ich den Eindruck, deine Erwartungen erfüllt zu haben.«

Regel Nummer vier: Verrate deinem Gegner niemals deine wahre Motivation, auch wenn das bedeutet, dass du lügen musst.

»Eines Tages werde ich dir an die Spitze des Unternehmens nachfolgen. Ich finde, ich bin jetzt in einem Alter, in dem ich über die Betriebsgeheimnisse Bescheid wissen sollte.«

»Ich weiß nicht, was du meinst, Orion. Und dein Ton gefällt mir ganz und gar nicht. Du scheinst zu vergessen, mit wem du sprichst.«

Regel Nummer fünf: Dein Gegner wird versuchen, dich zu verunsichern. Wehre jeden Angriff mit einem Gegenangriff ab. Ziehe dabei alle Register: Manipulation, Schmeichelei, Lüge …

»Ich spreche mit meinem Vater. Mit dem Mann, der das Unternehmen leitet, das er von meinem Großvater geerbt hat und das ich hoffentlich eines Tages selbst übernehmen werde. Aber dazu muss ich diesen beiden herausragenden Unternehmern ebenbürtig sein, und das erfordert gewisse Eigenschaften. Dummheit gehört sicher nicht dazu. Glücklicherweise bin ich intelligent und würde gerne auch so behandelt werden.«

»Und was hat dieser junge intelligente Mann gesehen, das ihn in diesen Zustand versetzt?«

»Den Fleck am Rumpf von WS-523. In der Form eines O.«

»Herrgott, Penelope, der Junge macht mich fertig!«, sagte Arthur Parker belustigt zu seiner Frau. »Kannst du dir das vorstellen? Die ganze Aufregung wegen eines Flecks auf einem Raumschiff!«

»Es ist nicht irgendein Fleck, Vater. Es ist derselbe Fleck, den ich vor zehn Jahren auf dem ersten Weltenschiff gesehen habe. Exakt an derselben Stelle, exakt dieselbe Form. Dabei wissen wir beide, dass das erste Weltenschiff erst in vielen Monaten zurückerwartet wird.«

Parker warf seiner Frau einen Blick zu. Seine amüsierte Miene war verschwunden. Stattdessen lag in seinen Augen nun Überraschung und Ratlosigkeit.

»Du bist scharfsinnig, Orion. Das freut mich. Wie du selbst gesagt hast, braucht der Mann, der die Geschicke unseres Unternehmens übernehmen wird, mehrere Qualitäten, die ich allesamt an dir entdecke. Du bist intelligent, das ist richtig. Aber du bist auch ruhig, pragmatisch und frei von falscher Sentimentalität. Mirandas Mutter hat mir erzählt, wie du deinen Aufenthalt bei den Grauen beschrieben hast.«

Orion ließ sich kurz aus dem Konzept bringen, doch er fasste sich gleich wieder. Er hoffte, dass dieser kleine Verstoß gegen Regel Nummer drei ihm nicht schaden würde.

»Du dachtest, ich wüsste nichts davon? Mir entgeht nur sehr wenig. Du hast also den Fleck auf dem Weltenschiff bemerkt. Was schließt du daraus?«

»Dass die fünfhundertdreiundzwanzig Weltenschiffe, die das NEP angeblich gebaut hat, nie existiert haben«, erwiderte Orion mit erzwungener Ruhe.

»Sonst nichts? Gut, spielen wir das mal durch. Was hieße das?«

»Keine Weltenschiffe, also auch keine Reise nach New Earth. Ich frage mich, ob der Planet überhaupt existiert.«

»Er existiert, Orion. Aber er ist viel zu weit weg, als dass eine Massenauswanderung möglich wäre.«

»Und die Passagiere?«

»Was denkst du?« Orions Gehirn brodelte. Sein Vater bestätigte seine schlimmsten Befürchtungen mit einer Gleichgültigkeit, die ihn erschütterte. Ein Durcheinander an Gefühlen schnürte ihm die Eingeweide zu: Fassungslosigkeit, Enttäuschung, Wut ... und sogar Angst vor diesem Mann, von dem er, wie er einsehen musste, nicht das Geringste wusste. Nur mit äußerster Mühe behielt er die Beherrschung.

Regel Nummer sechs: Zeige niemals deine Gefühle, es sei denn, sie können dir nützlich sein.

Orion wählte seine Antwort mit Bedacht.

»Kollateralschaden«, erwiderte er ruhig.

Arthur Parker lachte laut auf.

»Kollateralschaden! Sehr gut gesagt!« Er warf seiner Frau einen triumphierenden Blick zu.

Siehst du, ich hatte recht, schien er sagen zu wollen.

»Das New Earth Project trägt seinen Namen zu Recht, Orion. Unser Planet stirbt. Er trägt die Wunden der jahrhundertelangen Tatenlosigkeit unserer Eliten. Umweltverschmutzung, Hunger, Epidemien – das sind nur die Folgen des eigentlichen Problems: der Überbevölkerung. Warum sollen wir den Reichtum der Erde mit Milliarden Durchschnittsmenschen teilen? Das ist die Frage, die sich unsere politische Führung schon vor langer Zeit hätte stellen müssen. Unsere Zukunft kann nur für kurze Zeit im Schutz der Kuppeln gesichert werden. Aber ich sorge durch die Regulierung der Bevölkerung dafür, dass der Prozess umgekehrt werden kann, der dafür gesorgt hat, dass wir auf die wohltuenden Strahlen der Sonne verzichten müssen. Mein Name wird in die Geschichte eingehen, Orion. Ich werde der Mann sein, der die Sonne zurückgeholt hat. Der Mann, der der Menschheit eine neue Erde geschenkt hat, befreit von den Parasiten, die sie daran gehindert haben, sich zu regenerieren.«

Orion hatte das Gefühl, sich übergeben zu müssen, aber jetzt kam es darauf an, so viel wie möglich zu erfahren. Er musste seine Rolle weiterspielen.

»Eine Million Menschen pro Woche – glaubst du wirklich, das reicht?«

»Das ist nur der Anfang, Orion. In zwei Jahren kommt das erste Weltenschiff angeblich zurück. In Anbetracht der erfolgreichen Kolonisierung werde ich vorschlagen, die Mengen zu verdoppeln und schließlich zu verdreifachen. Irgendwann könnten es bis zu fünf Millionen pro Woche werden. Es wird eine Weile dauern, das ist klar, aber Rom wurde auch nicht an einem Tag erbaut. Es ist ein Lebenswerk, Orion. Vielleicht sogar das Werk zweier Leben.«

»Ich kann dir versprechen, dass auch der Name Orion Parker für eine neue Erde stehen wird, Vater.«

»Ich wusste, dass ich mich auf dich verlassen kann, mein Sohn. Ich hatte nicht erwartet, dass du schon so weit bist, aber du hast eben doch mein Blut in deinen Adern! Wir werden die Welt verändern.«

»Was genau passiert mit den Siedlern?«

Parker lächelte sadistisch.

»Als Unternehmer bin ich immer darauf bedacht, die Kosten so niedrig wie möglich zu halten. Wenn alle Siedler an Bord des Weltenschiffs sind, genügt es, die äußere Luftschleuse zu öffnen. Sie bekommen genau das, was sie sich gewünscht haben: eine Reise durchs All!«

»Sie erfrieren?«

»Nein. Diese Vorstellung findet sich in vielen Filmen, aber sie ist ziemlich weit von der Realität entfernt. Die Kälte ist im Weltraum das geringste Problem. Sie herrscht nur im Schatten und tötet ziemlich langsam. Auf der Sonnenseite dagegen kann die Temperatur bis zu 125 Grad erreichen, und die Körperflüssigkeiten beginnen zu kochen. Ein unangenehmes Ende, zugegeben, aber längst nicht das schlimmste. Den schlimmsten Tod erleiden diejenigen, die die Luft anhalten, bevor sie ins Vakuum gesogen werden. Der Druckunterschied zwischen Raumschiff und Weltraum sorgt dafür, dass ihre Lungen explodieren. Sehr schnell, aber auch sehr schmerzhaft. Für alle anderen ist das Ende sanfter: Sie verlieren nach etwa fünfzehn Sekunden aufgrund des Sauerstoffmangels das Bewusstsein und sterben innerhalb weniger Minuten. So oder so, all dies geht schneller als das Erfrieren.«

Orion musste übermenschliche Kräfte aufwenden, um sein Grauen zu verbergen.

»Und was passiert mit den Leichen?«, fragte er. »Treiben die einfach durchs All?«

»Großer Gott, nein! Wenn man eine der Leichen finden würde, wäre das eine Katastrophe. Das Weltenschiff platziert sie diskret in einem riesigen Krater auf der Rückseite des Mondes.«

»Das heißt, man kann sie sehen?«

»Die Firma Parker steht für Rationalisierung und Optimierung. Es wird regelmäßig eine dicke Schicht Asche aus unseren Müllverbrennungsanlagen über den Leichenberg geschüttet. Das ist sehr effizient.

Selbst ein misstrauischer Beobachter würde nichts bemerken. So endet der gesamte Abfall unseres Planeten an einem Ort.«

»Vater?«

»Ja, Orion?«

Orion hätte seinem Vater am liebsten gesagt, was er wirklich dachte: *Du bist ein Monster, und ich werde dich zerstören.* Doch er wusste, dass der Moment noch nicht gekommen war.

Regel Nummer sieben: Warte, bis dein Gegner am Boden liegt, bevor du ihm den Todesstoß versetzt.

Stattdessen lächelte er und sagte:

»Können wir darauf anstoßen? Dieser Tag wird mir immer im Gedächtnis bleiben.«

»Hervorragende Idee! Penelope?«

Der Korken der Champagnerflasche löste sich mit einem Plopp, und Penelope füllte drei Gläser.

»Auf das NEP!«, sagte Arhur Parker.

»Auf die neue Erde!«, erwiderte Orion.

31

ISIS

Wenn man in der Water-Zone wohnt, erlebt man selten freudige Überraschungen. Also habe ich gelernt, immer auf der Hut zu sein. Schlechte Nachrichten sind leichter zu ertragen, wenn man vorbereitet ist.

»Zeke, sollten wir nicht langsam mal zurückgehen? Wir sind schon eine Ewigkeit unterwegs.«

»Hat die furchtlose Isis etwa die Hosen voll?«

»Nein. Na ja, doch, ein bisschen. Wir wissen ja nicht, was uns erwartet. Vielleicht gibt es an Bord auch gefährliche Bereiche.«

»Okay. Wie du willst. Wir können umdrehen. Aber ich sehe zwanzig Meter vor uns Licht, und ich würde lügen, wenn ich behaupten würde, dass mich nicht interessiert, woher es kommt.«

Ich werfe einen Blick in den Gang. Er hat recht.

»In Ordnung, lass uns nachschauen, was dort ist.«

Wir nähern uns unserem Ziel. Das Licht wird heller. Bald kommen wir zu einer Art Brücke, einige Dutzend Meter über dem Boden des Raumschiffs. Gegenüber liegt eine Metallkonstruktion mit mehreren Etagen und ähnlichen Gängen wie dem, in dem wir stehen. Das Ganze erinnert mich an Bilder von den gigantischen Ozeanriesen aus dem letzten Jahrhundert, die über die Meere fuhren, als es dort noch etwas zu sehen gab. Auf jedem Gang befinden sich in regelmäßigen Abständen Türen mit einer Zahl und kleinen Fenstern in Form von Bullaugen.

»Die Kabinen!«, sagt Zeke. »Wir haben die verdammten Kabinen gefunden!«

Ich muss lächeln. Zeke vollführt eine Art Freudentanz mitten auf der Brücke. Total lächerlich, aber auch ziemlich witzig.

»Lass uns mal schauen, ob wir in eine reinkommen«, schlägt er vor.

Ich finde, dass er unser Glück ganz schön herausfordert, aber er scheint das Wort »Vernunft« im Wörterbuch noch nicht entdeckt zu haben. Wahrscheinlich hat er überhaupt noch nie in ein Buch geschaut. Wir gehen den Gang entlang und rütteln an jeder Tür, aber sie sind alle verschlossen. Beinahe bin ich erleichtert. Mir würde es auch nicht gefallen, wenn Unbekannte in die Kabine eindringen, in der ich die nächsten sechs Jahre leben soll. Zeke legt enttäuscht die Hände um die Augen und versucht, durch eins der Bullaugen in das Innere einer Kabine zu spähen.

»Verschimmelter Algensaft, die ist leer!«, ruft er.

»Die auch«, stelle ich fest.

Wir setzen unsere Erkundung fort, aber jede Kabine gleicht der vorherigen: ein leerer, kahler Raum. Nicht ein Möbelstück, nicht ein Alltagsgegenstand. Wo ist der Riesenmonitor, den die Werbung des NEP uns versprochen hat? Die nutzlosen Fragen weichen einer diffusen Angst. Die leeren Kabinen, die gnadenlosen Roboter, die fehlenden Toiletten in der endlosen Warteschlange ... Nichts ist so, wie ich es mir vorgestellt habe.

»Komm«, sage ich. »Schauen wir uns das Gewächshaus an.«

Zeke folgt meinem Blick und nickt.

Ich habe das Gewächshaus schon in vielen Werbefilmen des NEP gesehen. Der Ort ist zauberhaft, grün, mit Rasen und herrlichen Bäumen. Alles in allem ein Vorgeschmack auf New Earth. Wir steigen eine beeindruckende Wendeltreppe hinab, bis wir etwa fünfzehn Meter weiter unten sind. Je näher wir dem Gewächshaus kommen, desto mulmiger wird mir. Von Weitem sah der Ort noch verwunschen aus, aber aus der Nähe ist nicht zu übersehen, dass er eher einer Wüste ähnelt als einem Park. Statt der saftigen Wiese von den Fotos gibt es nur einen verblichenen Kunstrasen. Ich bücke mich und zupfe an einem der Plastikhalme. Sofort ziehe ich die Hand wieder weg. Das Gefühl ist unangenehm. Zwischen den Rasenbahnen ist trockene, rissige Erde zu sehen. Ich hebe den Kopf. Die mit Sehnsucht erwarteten Bäume sind nur noch entblätterte Gerippe, die ihre vertrockneten Zweige verzweifelt Richtung Weltraum strecken.

»Was für ein schauriger Ort«, sage ich.

»Ich weiß ja nicht, was hier los ist, aber die Gärtner scheinen schon eine ganze Weile Urlaub zu haben«, fügt Zeke hinzu.

Diesmal kann ich nicht über seinen Witz lächeln. Mein Herz ist zu schwer.

»Irgendetwas stimmt hier nicht!«

Ich merke, dass ich den Gedanken laut ausgesprochen habe.

Zeke sieht mich an. Trotz seiner immerwährenden Gelassenheit, die er sich in den vielen harten Zeiten seines Lebens angeeignet haben muss, spüre ich, dass auch er Angst hat.

»Soll hier nicht das Gemüse wachsen, das uns in den kommenden sechs Jahren ernährt?«, fragt er. »So langsam kriege ich den Eindruck, dass wir nicht jeden Tag Orangensaft trinken werden.«

»Man könnte meinen, dieser Ort würde schon eine ganze Weile vor sich hin modern«, sage ich und streiche über einen Metallpfosten. »Schau mal …« Meine Fingerspitze ist von einer dicken Schicht Schimmel bedeckt.

»Angeblich ist das Schiff doch nagelneu, aber irgendwie sieht alles ziemlich alt aus«, stimmt Zeke zu. »Die Stahlträger sind sogar angerostet.«

»Hast du eine Erklärung?«, frage ich.

»Wenn Metall im Weltraum nicht schneller oxidiert als auf der Erde, würde ich darauf wetten, dass das Ding schon vor mehreren Jahren gebaut worden ist.«

Ich spüre, wie mein Herzschlag sich beschleunigt. Mehrere Jahre … Das ist unmöglich, weil die Weltenschiffe am laufenden Band produziert werden, um jede Woche eine Abreise zu ermöglichen. Mir ist klar, dass so ein Schiff nicht an einem Tag gebaut wird, aber Rost an einem Ort, der seit der Geburt meines Bruders noch nie einen Tropfen Wasser gesehen zu haben scheint, ist schon komisch …

Gedankenverloren machen wir kehrt und gehen schweigend zwischen den riesigen Wänden dahin, die zu beiden Seiten über uns aufragen. Ein bisschen fühlt es sich an wie in einem ausgetrockneten Canyon. Überall springen uns Spuren des Verfalls in die Augen: hier ein Schild, dessen Verankerung sich gelöst hat und das nun schief zur Seite hängt, dort eine Wand, die aussieht, als hätte sie Windpocken – es sind Blasen im Lack, die darauf hindeuten, dass die Farbe lange Zeit einer intensiven Sonnenbestrahlung ausgesetzt war. Zeke tippt mir auf die Schulter. Ich drehe mich um. Er zeigt auf unsere Fußspuren, die auf dem staubigen Boden deutlich zu sehen sind.

»Wie eine Geisterstadt«, sagt er.

Ein Schauer läuft mir die Wirbelsäule hinunter. Er hat recht. Dieser Ort wirkt tot. Und der Eindruck wird durch die eisige Stille noch verstärkt. Bei uns in New York spürt man trotz der grauen Eintönigkeit des Smogs immer eine leichte Brise, die das Blech der Baracken scheppern lässt, und man hört das Plätschern der Wellen unter den schwimmenden Hütten. Hier hört man nichts. Nur Stille, die so präsent ist, dass sie ohrenbetäubend wirkt. Am liebsten würde ich laut brüllen, um meinem Trommelfell mal wieder etwas zu tun zu geben. Doch eine Reihe entsetzlicher Schreie kommt mir zuvor.

»Hast du das gehört?«, fragt Zeke.

Ob ich es gehört habe? Natürlich … Das Blut ist mir buchstäblich in den Adern gefroren. Jede Wette, dass das kein Wutgeschrei war.

»Komisch, oder?«, sagt Zeke. »Da muss etwas passiert sein. Das kam vom Eingang. Wahrscheinlich vom Anfang der Schlange. Mit dem Empfangskomitee ist wohl nicht zu spaßen.«

»Wir hätten nicht herkommen sollen«, flüstere ich.

»Das finde ich nicht. Im Gegenteil. Jetzt wissen wir

zumindest, dass diese Raumfahrt nicht die Vergnügungsreise wird, die man uns versprochen hat.«

»Glaubst du, sie werden uns in riesige Schlafsäle pferchen?«

»Keine Ahnung, aber ich bin mir ziemlich sicher, dass ich nicht in der Lage bin, diese Menschenmassen auch nur eine Stunde um mich herum auszuhalten, geschweige denn sechs Jahre.«

»Wir sollten zu unseren Familien zurückgehen ...«

Zeke nickt.

»Jep, denen haben wir auf jeden Fall ordentlich was zu erzählen.«

32

ISIS

Ich mag keine Roboter. Habe ich das schon erwähnt? Dann kann ich es nur noch mal betonen. Wenn ich das Sagen hätte, würde ich diese verdammten Maschinen allesamt auf den Müll werfen.

Mit schweren Herzen und den Köpfen voller Fragen machen wir uns auf den Rückweg. Das schöne Bild von der Reise nach New Earth, das man uns seit Jahren vorgaukelt, ist in tausend Stücke zerplatzt. Obwohl ich weiß, dass ich sehr anpassungsfähig bin, zieht sich beim Gedanken an die Bedingungen, unter denen wir werden leben müssen, mein Magen zusammen. Wenn ich mir vor Augen führe, was ich zurückgelassen habe, könnte ich heulen. Dann denke ich an meine Mutter. Ich frage mich, ob es eine gute Idee ist, an Bord dieses Schiffs ein Baby zu gebären.

»Isis?«

»Ja, Zeke?« Ich hebe den Kopf.

»Ich glaube, wir haben ein Problem.«

Ich folge seinem Blick.

Vor uns ist ein Roboter aufgetaucht. Er sieht genauso aus wie die, die in der Ankunftshalle die Prozession der Siedler überwachen.

»Was machen wir jetzt?«, frage ich.

»Was sollen wir schon machen? Wir gehen zu ihm hin und sagen: Guten Tag, Herr Roboter, es war keine Absicht, wir haben uns im Gang geirrt … Was riskieren wir dabei? Dass er uns zu unseren Eltern zurückbringt?«

Ich muss grinsen. Zeke ist echt gut darin, schwierige Situationen aufzulockern.

Wir laufen also beherzt auf das Metallmonster zu. Es hat uns entdeckt, das ist offensichtlich. Ich sehe, wie die Kamera, die ihm als Auge dient, uns verfolgt.

»Lass mich das Reden übernehmen«, raune ich Zeke zu.

»Kennst du den Unterschied zwischen einem Roboter und einer Dose Ravioli?«

»Psst!«

»Es gibt keinen! Beides sind eklige Blechkonserven!«

»Hör auf! Er kann uns hören.«

Trotzdem muss ich grinsen. Zeke macht eine altmodische Verbeugung wie ein Komiker, der sich bei seinem Publikum bedankt.

»KEINE BEWEGUNG«, kommandiert der Roboter. »SIE BEFINDEN SICH IN EINEM VERBOTENEN BEREICH.«

»Ja, das tut uns leid«, sage ich. »Wir haben uns verlaufen. Können Sie uns bitte zu den anderen zurückbringen?«

»REGEL ZWEIUNDVIERZIG ABSATZ VIER LEGT FEST, DASS MENSCHEN DIE GÄNGE UND DAS GEWÄCHSHAUS NICHT BETRETEN DÜRFEN.«

»Das ist uns bewusst. Wie gesagt, wir haben uns verlaufen, verstehen Sie?«

»IM FALLE EINER ZUWIDERHANDLUNG VON REGEL ZWEIUNDVIERZIG ABSATZ VIER LAUTET DIE ANWEISUNG, DIE MENSCHEN NICHT ZURÜCK IN DIE HALLE ZU BRINGEN. ELIMINIERUNGSANFRAGE LÄUFT …«

»Sag mal, spinnst du, du blöder Metallkasten?«, schimpft Zeke los. »Wir haben die Reise hier gewonnen, okay? Du musst uns zu unseren Familien bringen!«

»AUTORISIERUNG ERFOLGT.«

Der Roboter knickt seine rechte Hand nach hinten, bis sie in einem seltsamen Winkel von seinem Unterarm absteht. Dann richtet er den metallischen Stummel auf uns. Ein Rohr von etwa einem Zentimeter

Durchmesser schiebt sich aus dem Hohlraum im Arm des Roboters.

»Scheiße, das ist eine Waffe!«, schreit Zeke und packt mich am Ärmel. »Lauf, Isis!«

Das lasse ich mir nicht zweimal sagen. Ich renne wie eine Verrückte den Gang entlang und folge Zekes abrupten Richtungswechseln im Vertrauen auf seinen Instinkt. Ich spüre die Hitze der Streifschüsse auf meiner Haut. Rauchende Metallteile fliegen um uns herum. Wenn der Laser uns erwischt, sind wir verloren. Nach etwa zwanzig Metern biegen wir in einen Gang ein und sind erst mal vor den Schüssen in Sicherheit. Aber der abgehackte Lärm hinter uns lässt keinen Zweifel: Der Roboter ist uns auf den Fersen. Zeke versucht, eine Tür zu öffnen, doch ohne Erfolg. Auch die nächste bleibt verschlossen.

»Das kann doch nicht wahr sein! Geht hier überhaupt irgendwas auf?«

Ich komme langsam außer Atem, aber ich renne weiter, so schnell ich kann. Ich weiß, dass unser Verfolger nicht ermüdet. Das Entsetzen über diese Situation durchdringt meine Hirnrinde, aber ich schiebe es mit aller Kraft zurück. Keine Zeit zum Nachdenken. Ich mache noch längere Schritte und konzentriere mich auf meine Atmung. Ich muss durchhalten.

»Beeil dich!«, feuert Zeke mich an, der noch schneller sprintet als ich.

Wir kommen wieder auf den Hauptgang zwischen den Kreuzfahrtschifffassaden. Hier gibt es keine Deckung. Zeke bleibt stehen. Ich tue es ihm gleich.

»Glaubst du, du findest den Weg zu den anderen?«, fragt er hastig.

»Äh … ja, glaube schon. Man muss nur über die Treppe und … warum fragst du?«

»Du versteckst dich jetzt hier«, sagt er bestimmt und zeigt auf eine kleine Nische zwischen zwei Pfeilern.

Ich sehe das Versteck verständnislos an.

»Und ich laufe weiter«, sagt er entschlossen.

»Aber …«

»Schnauze! Wir haben jetzt keine Zeit zum Diskutieren. Tu, was ich sage. Ich bin schneller als du. Der Blechkasten kriegt mich nicht. Du wartest, bis er weg ist, dann nimmst du die Treppe.«

Die klobigen Schritte des Roboters hallen durch den Gang. Gleich ist er da.

Ich schlüpfe in den Winkel und sehe Zeke davonrasen. Eine halbe Sekunde später biegt der Roboter auch schon um die Ecke. Er steht direkt vor mir. Würde ich den Arm ausstrecken, könnte ich ihn berühren. Ich halte die Luft an. Der Roboter entdeckt Zeke und schießt zweimal. Aber Zeke beherrscht das Hakenschlagen perfekt. Die Schüsse treffen die Wand auf der anderen Seite des Gangs. Ich sehe, dass klar umrissene Löcher zurückbleiben. Das Material muss ziemlich durchlässig sein – das ist garantiert weder Beton noch Metall. Der ganze Bau scheint vielmehr aus einer Art Pappmaschee zu sein. Wie eine Filmkulisse. Eins steht fest: Dieser Ort ist nie gebaut worden, um Passagiere zu beherbergen.

Während mir die Tragweite dieses Gedankens bewusst wird, entkommt Zeke wie durch ein Wunder zwei weiteren Schüssen. Der Roboter hat die Verfolgung mit seinen steifen Schritten wieder aufgenommen.

Das ist die Gelegenheit. Ich verlasse mein Versteck, werfe Zeke einen letzten Blick zu und husche zur Wendeltreppe. Ich sprinte die Treppe vier Stufen auf einmal nehmend hoch. Auf jeder neuen Etage habe ich freien Blick auf das, was sich unten auf dem Gang abspielt. Ich bin beinahe oben, als ein Schuss Zeke in die Wade trifft. Er stürzt zu Boden. Ich bleibe wie angewurzelt stehen.

»Zeke bezahlt immer seine Schulden!«, ruft er laut, ohne mich anzusehen.

Ich verstehe, dass die Botschaft mir gilt und dass er dem Roboter meine Position nicht verraten will. Tränen schießen mir in die Augen.

Gnadenlos steuert der Roboter auf ihn zu und richtet seine Waffe auf ihn. Als der Laser ihn mitten in die Brust trifft, schließe ich die Augen.

»Oh Gott«, flüstere ich. Er hat ihn getötet.

So lautlos wie möglich erklimme ich die letzten Stufen und husche durch den Gang zurück, durch den wir vor ein paar Minuten gekommen sind. Ich habe das Gefühl, dass seither hundert Jahre vergangen sind.

Zeke …

Ich kann nicht glauben, dass ich ihn nie wiedersehen werde.

Ich muss mich zusammenreißen, um mich nicht im Labyrinth der Gänge zu verirren. Die anderen müssen unbedingt erfahren, dass dieses Raumschiff nichts als eine Attrappe ist. Plötzlich habe ich unglaubliche Angst, dass das nicht die letzte böse Überraschung war …

33

ISIS

Mein Vater sagt immer, um zu wissen, wohin man geht, muss man wissen, woher man kommt. Wer die Geschichte kennt, hält eine Kristallkugel in den Händen, die uns die Zukunft vorhersagt. Daran sollten unsere Herrscher denken, bevor sie wichtige Entscheidungen fällen.

Während ich die letzten Meter, die mich vom Rest der Siedler trennen, hinter mich bringe, versuche ich zu begreifen, was auf diesem Weltenschiff los ist. Ich verstehe nicht, welches Interesse das NEP daran hat, so viel Geld auszugeben, um uns hierherzuverfrachten, wenn sie uns nicht nach New Earth bringen wollen. Ich betrachte das Problem aus verschiedenen Blickwinkeln, und meine Gedanken wandern zu James, meinem Cousin. Warum taucht der jetzt plötzlich vor meinem inneren Auge auf? Als ich das letzte Mal mit ihm gesprochen habe, war ich noch ganz klein, und abgesehen von den Videos, die Tante Lily geschickt hat, hatte ich keinen Kontakt mehr mit ihm. Ich sehe sein Bild aus dem letzten Video vor mir, beim Holzhacken mit nacktem Oberkörper. Gut, okay, James beim Schuften mit vor Schweiß glänzenden Brustmuskeln hätte ein paar Mädchen in meiner Klasse sicher in helle Aufregung versetzt, aber ich habe schon hübschere Jungs gesehen! Außerdem ist er mein Cousin. Warum denke ich ausgerechnet jetzt an ihn, wenn ich eigentlich an Zeke denken sollte oder meinetwegen an Orion oder Flynn?

Die Antwort windet sich durch meine Gehirngänge und trifft mich plötzlich mit der Wucht eines Kometen.

»Verdammt! Wie konnte ich das übersehen?« Vor Schreck habe ich laut gesprochen.

Als wir Kinder waren, ist James einmal auf einen Metallmast geklettert und abgestürzt. Ich erinnere mich noch an die lange Wunde, die sich über den ganzen Rücken zog. Sie musste mit mindestens vierzig Stichen genäht werden. Zurück blieb eine üble Narbe. Aber auf dem Video, das Tante Lily geschickt hat, war auf James' Rücken keine Spur dieser Narbe zu sehen.

Unmöglich.

Der Typ, den man beim Holzhacken sehen konnte,

kann also nicht mein Cousin James gewesen sein. Aber wer dann? Ich spüre, wie mein Herz sich zusammenzieht. Es gibt nur eine Erklärung: Das Video ist ein Fake. Jetzt verstehe ich, warum jeder von uns in die Kabine mit dem Scanner musste und warum wir einen Text vorlesen sollten. Sie brauchen unsere Körper- und Stimmmerkmale für die gefälschten Nachrichten vom neuen Planeten.

Langsam setzt sich in meinem Kopf ein makabres Puzzle zusammen: wie die Menschen gedemütigt werden, indem sie ihre Bedürfnisse wie Tiere verrichten müssen. Diese Filmkulisse aus Pappmaschee, in der wir angeblich die nächsten sechs Jahre verbringen sollen. Und vor allem dieser gnadenlose Roboter, der Zeke grundlos getötet hat.

Ich begreife, dass die Menschen, die sich am Ende dieses Gangs aneinanderdrängen, keine Reisenden oder künftige Siedler sind. Sie sind Todgeweihte. Die Warteschlange ist nichts anderes als eine Herde Vieh, die zum Schlachthof geführt wird.

Zum zweiten Mal innerhalb weniger Minuten überrasche ich mich, indem ich etwas laut ausspreche:

»Sie werden uns alle töten.«

Auf einen Schlag sehe ich viel klarer. Die Schreie, die wir gehört haben, fallen mir wieder ein, und mein Körper wird eiskalt. Ich muss unbedingt zu meinen Eltern, bevor es zu spät ist.

Ich nehme exakt denselben Weg, auf dem Zeke und ich uns in die Eingeweide des Schiffs geschlängelt haben. Ich muss so schnell wie möglich zu den anderen. Ein neuer Schauer läuft mir über den Rücken. Wenn mir in diesem langen Gang noch ein Roboter begegnet, habe ich keine Chance. Ich beschleunige meinen Schritt. Von Weitem kann ich die Tür ausmachen, die in die riesige Halle führt, in der meine Eltern warten. Wird sie sich öffnen? Ich gehe langsam darauf zu, und die Metallwand schiebt sich geräuschlos zur Seite. Erleichtert atme ich auf. Ein automatischer Sensor hat sie geöffnet. Ich mische mich in die Flut aus Menschen, während die Tür sich hinter mir schließt. Nach wie vor geht es kaum vorwärts. Ich entdecke meine Eltern. Sie sind höchstens hundert Meter vorangekommen. Die Stimmung ist aufgeheizt, und die Roboter, die für Ordnung sorgen sollen, haben alle Hände voll zu tun. Ich schlängele mich mühsam durch die dicht gedrängten Körper. Überall höre ich Gemurre. Die Leute wollen nicht mehr warten. Wenn sie wüssten, was ihnen bevorsteht …

Mithilfe meiner Ellbogen gelange ich endlich zu meiner Familie. Meine Mutter sieht sofort, dass etwas nicht stimmt.

»Was ist los, mein Schatz? Du hast ganz rote Augen.«

»Ich … Ich …«

Wie soll ich es ihnen sagen?

»Mein Sohn? Wo ist mein Sohn?«, fragt Zekes Vater, der mich allein hat kommen sehen.

Die Worte bleiben mir im Halse stecken. Ich schüttele den Kopf.

»Was soll das heißen? Wollte er nicht mit zurückkommen? Immer muss er gegen die Regeln verstoßen …«

»Er wird nicht zurückkommen«, bringe ich mit erstickter Stimme hervor.

»Was? Das verstehe ich nicht.«

»Er ist tot«, flüstere ich, damit niemand außer uns es hört.

»Kannst du das noch mal sagen?«, fragt Zekes Vater.

Sein wütender Blick wird plötzlich ganz verschleiert.

»Ist er gestürzt? Gab es einen Unfall?«

Ich schüttele den Kopf.

»Sie haben ihn getötet«, sage ich und zeige auf die Roboter, die uns überwachen.

»Wer? Die Roboter?«

»Ja. Abgeschossen wie einen Hund, aus nächster Nähe. Wir haben Dinge gesehen, die wir nicht sehen sollten.«

Zekes Mutter sackt zusammen. Ihr Mann beugt sich vor, um sie zu stützen. Die Hilflosigkeit steht ihnen ins Gesicht geschrieben.

»Was habt ihr gesehen?«, fragt mein Vater.

»Das alles hier, New Earth, das NEP, das Weltenschiff, ist nur eine riesige Täuschung.«

Ich spüre, dass sich neugierige Blicke auf uns richten. Trotz der Unannehmlichkeit der langen Wartezeit sind die meisten Leute zuversichtlich gestimmt. Schließlich hat nicht jeder das Glück, ein Ticket für ein neues Leben zu gewinnen. Deshalb passt mein tränenüberströmtes Gesicht nicht ins Bild. Wenn sie die Hinterlassenschaften der Leute weiter vorne sehen könnten, würde ihr Traum wohl auch anfangen zu bröckeln.

Mein Vater zieht mich ein Stück beiseite.

»Was erzählst du da, Isis? Du machst ja allen Angst. Sag mir genau, was passiert ist.«

Ich berichte ihm alles haargenau. Über unseren kleinen Ausflug, der anfangs so fröhlich war, und unsere späteren Entdeckungen. Die falschen Kabinen, das ausgedörrte Gewächshaus, die rostigen Stahlträger, die panischen Schreie und unsere Begegnung mit dem Roboter. Zekes Tod. Ich schließe mit der fehlenden Narbe auf James' Rücken in Tante Lilys Video.

Ich habe Angst, dass er mich nicht ernst nimmt und stattdessen versucht, mich mit einem beruhigenden Blick zu trösten: *Komm schon, Mädchen, jetzt hör mit dem Unfug auf, es ist alles in Ordnung.* Aber wie könnte er die schreckliche Verletzung des kleinen James vergessen haben? Außerdem kennt er mich. Er vertraut mir. Ich sehe es in seinen Augen. Zusammen mit einer unermesslichen Trauer.

Ich spüre, dass sich ein Abgrund in ihm aufgetan hat und dass er sich, egal was passiert, nie wieder von dem Schrecken erholen wird, der ihn gerade mit der Wucht eines rasenden Lieferwagens getroffen hat. Sein Leben lang hat er sich abgerackert, damit wir zu jeder Mahlzeit etwas zu essen auf dem Tisch hatten. Sein Leben lang hat er sich geweigert, aufzugeben, trotz der schlechten Arbeitsbedingungen, den immer niedrigeren Löhnen und den immer häufigeren Demütigungen. Er hat die Finger vom Alkohol gelassen, er hat nicht über die Regierung geschimpft. Er hat den Kopf oben gehalten und sich jeden Tag gesagt, dass der nächste besser werden würde, weil die Leute vom NEP und die Regierung alles dafür täten. Und als die Lage für unsere Familie kritisch wurde, wurden wir belohnt. Wir haben unser Ticket nach New Earth gewonnen. Jetzt war es nach Jahren harter Arbeit an der Zeit, die Früchte zu ernten und für unsere Mühen entschädigt zu werden. Die Lotterie des NEP hatte dem Leben meines Vaters einen Sinn gegeben und ihm seine Lebensphilosophie bestätigt: Klage nicht und glaube immer an die Möglichkeit einer besseren Zukunft.

Mein Bericht hat das alles innerhalb weniger Minuten zunichtegemacht. Ich habe Angst, dass er es nicht erträgt, dass er zusammenbricht. Aber er scheint sich zu fassen. Mein Vater lässt sich nicht unterkriegen.

»Komm«, sagt er. »Wir müssen versuchen, hier rauszukommen.«

Ich nicke, erleichtert, dass er mir glaubt.

Er flüstert meiner Mutter etwas ins Ohr, und ihre Augen weiten sich entsetzt. Ich sehe einen leisen Zweifel darin, der aber gleich wieder verschwindet, als sie meinem Blick begegnet. Zurück bleibt feste Entschlossenheit.

»Mama, du tust mir weh!«, sagt Zach.

Meine Mutter hält seine Hand so fest, dass sie ganz weiß wird. Sie lockert ihren Griff. Nach kurzer Diskussion akzeptieren Zekes Eltern meine Version der Tatsachen. Tief gebeugt folgen sie uns unter den verständnislosen Blicken der anderen ans hintere Ende der Schlange.

»Was machen Sie da?«, ruft uns ein Schrank von Mann zu, der wenige Meter von uns entfernt steht. »Wollen Sie etwa noch länger auf Ihre Kabine warten? Soll mir recht sein, wenn es dafür für uns schneller geht.«

Ich spüre, dass mein Vater zögert. Er sieht mich an. Ohne dass wir ein Wort wechseln, entsteht zwischen uns ein stilles Einverständnis. Wir können nicht all diese Menschen ahnungslos dem Tod überlassen.

»Es gibt keine Kabinen. Meine Tochter hat sich im

Raumschiff umgeschaut. Am Ende des langen Gangs erwartet uns nur der Tod.«

Der Koloss starrt uns an, als wären wir verrückt geworden.

»Guter Witz! Und was habt ihr jetzt vor?«

»Wir wollen versuchen, einen Shuttle zurückzunehmen, bevor es zu spät ist.«

Der Koloss lässt uns unseren Weg gegen den Strom fortsetzen, während er ein paar wenig schmeichelhafte Kommentare von sich gibt. »Überall Schwachsinnige! Die spinnen ja!«

Es ist viel einfacher, in diese Richtung voranzukommen, und schon bald sehen wir die Shuttles. Eine Sicherheitsabsperrung, die von fünf Robotern bewacht wird, verstellt uns den Weg.

»Wir haben es uns anders überlegt«, sagt mein Vater zu einem der Roboter. »Wir möchten nicht mehr nach New Earth. Bringen Sie uns bitte zurück nach New York.«

»BITTE BEGEBEN SIE SICH WIEDER IN DIE WARTESCHLANGE.«

»Haben Sie mich nicht verstanden?«, sagt mein Vater. »Wir möchten nach Hause.«

»DIESE OPTION STEHT NICHT ZUR VERFÜGUNG. TRETEN SIE ZURÜCK.«

Eine andere Stimme schaltet sich ein. Hinter uns steht der Koloss. Er ist uns gefolgt.

»He, Roboter! Sind deine Kabel durchgebrannt, oder was? Ich stimme dir zu, dass der Typ verrückt ist, wenn er auf die Erde zurückwill, trotzdem ist es sein gutes Recht.«

Beifälliges Gemurmel unter den Umstehenden.

»Wo liegt das Problem, ein paar Siedler umkehren zu lassen, die ihre Meinung geändert haben?«, meldet sich ein anderer Wartender zu Wort.

Immer mehr Menschen versammeln sich um uns.

»DIESE OPTION STEHT NICHT ZUR VERFÜGUNG. NIEMAND DARF DIE SICHERHEITSABSPERRUNG ÜBERTRETEN.«

»Ist ja gut, entspann dich, Roboter«, sagt der Koloss. »Jetzt erklär uns mal, warum sie nicht in einen Shuttle einsteigen dürfen, der sowieso zurückfliegt? Das ist doch nicht weiter kompliziert. Du hast einen Computer und kein Gehirn, da sollte es für dich doch nicht schwer sein, mir zu erklären, warum das nicht geht.«

»LETZTE VERWARNUNG«, droht der Roboter.

Ich spüre, wie mein Herz in der Brust hämmert. Ich weiß, wozu diese Maschinen fähig sind.

»Antwortest du mir jetzt mal?«, sagt der Typ gereizt und schwingt ein Bein über die Absperrung. »Ich will wissen, warum wir nicht zurückdürfen, wenn wir das wollen. Denn so langsam frage ich mich, ob nicht doch stimmt, was der Typ gesagt hat.«

»Was hat er denn gesagt?«, ruft eine Stimme aus der Menge.

»Dass die Reise nach New Earth nur ein Schwindel ist und dass man uns alle töten wird.«

»Was für ein Blödsinn!«, sagt eine Frau.

»Verrückt«, fügt eine andere hinzu.

»Ach ja?«, sagt der Koloss. »Und warum lassen sie sie dann nicht zurückfliegen?«

Langsam breitet sich eine Welle der Angst in den Gesichtern der Leute aus, die das Gespräch verfolgt haben.

Ich sehe, dass der Roboter seinen Arm ausstreckt, und ziehe meine Eltern heftig zur Seite. Die Panik in meinem Blick reicht, um sie zu alarmieren, und als der Roboter das Feuer eröffnet, sind wir außerhalb seiner Reichweite. Der Koloss ist der Erste, der in sich zusammensackt, buchstäblich entzweigeschnitten durch den Laserstrahl. Etwa zehn weitere Personen sind unterschiedlich schwer verletzt. Entsetzensschreie werden laut und durchlaufen die Schlange wie eine Schockwelle.

»Die Roboter haben einen Mann getötet! Wie schrecklich!«

Bevor ein richtiger Aufstand losbricht, erscheinen etwa fünfzig Cyborgs, um die Leute trotz dieser blinden, mörderischen Tat in Schach zu halten.

Es ist unmöglich, mit bloßen Händen etwas gegen fünfzig dieser Maschinen auszurichten.

Die Leute weichen zurück und bleiben nun in sicherem Abstand zur Absperrung.

Das Gerücht breitet sich rasend schnell unter den neuen Siedlern aus.

New Earth existiert nicht. Nicht weitergehen. Sie werden uns töten.

Ich sehe meinen Vater an. Wir haben versagt. Wir werden nicht über die Absperrung kommen, und wir werden niemals nach Hause zurückkehren.

Er nimmt mich in die Arme. Das hat er schon seit Jahren nicht mehr getan.

»Wir haben es versucht, Isis. Wir haben es versucht«, sagt er und streicht mir übers Haar.

34

ORION, FLYNN

Orion und Flynn warteten seit einer gefühlten Ewigkeit auf das Klingeln des Telefons. Orions Handy lag auf dem Tischchen, dass die Cyborg-Stewardess zwischen ihnen ausgeklappt hatte. Orion hatte, seit er dreizehn war, seinen eigenen Shuttle, mit dem er – bis auf wenige Ausnahmen – überall hinfliegen konnte. Eine der vielen Annehmlichkeiten, von denen der Sohn von Arthur Parker profitierte.

»HABEN SIE IHR ZIEL GEWÄHLT, MR. PARKER?«

»Nein, wir überlegen noch.«

»WÜNSCHEN SIE ETWAS ZU SPEISEN?«

»Nein, lassen Sie uns bitte in Ruhe.«

Die Stewardess lächelte beinahe menschlich und kehrte in den Bereich für das Bordpersonal zurück.

Auf dem Tischchen begann das nagelneue Handy zu vibrieren. Orion und Flynn wechselten einen Blick.

»Glaubst du, er ist es?«, flüsterte Flynn.

»Wer sonst?«, erwiderte Orion und hielt das Handy ans Ohr. »Hallo?«

»Wir sind so weit«, sagte Hasards raue Stimme. »Bleibt es bei unserem Plan?«

»Mehr denn je«, bestätigte Orion. »Wenn die beiden Aggregate zerstört sind, gibst du mir Bescheid.«

»Ich hoffe, dass deine Informationen korrekt sind«, sagte Hasard.

»Dafür lege ich meine Hand ins Feuer.«

»Okay, dann starten wir die Party.«

Orion legte auf und rief die Stewardess.

»Wir fliegen nach Mexiko. Ich möchte meinem Freund den Weltraumaufzug zeigen.«

»SEHR WOHL, MR. PARKER. ICH VERSTÄNDIGE DEN BORDCOMPUTER.«

Und mit einem kaum spürbaren Ruck hob sich der Shuttle vom Boden und flog in den Himmel.

»Haben wir während des Flugs eine sichere Hochleistungsinternetverbindung?«, fragte Orion.

»JA, SIR. WIR VERFÜGEN ÜBER VERSTÄRKER, DIE IHNEN WÄHREND DES GESAMTEN FLUGS DIE OPTIMALE SIGNALSTÄRKE GEWÄHRLEISTEN.«

Das wusste Orion bereits, doch er wollte sichergehen, dass nicht irgendeine Kleinigkeit sie daran hindern würde, Isis zu retten. Er warf einen Blick auf die Uhr und biss sich auf die Lippe. Die Zeit verging rasend schnell. Viel zu schnell. Obwohl er inzwischen wusste, was Isis erwartete, hatte er nicht die geringste Vorstellung, wie lange der Genozid dauern würde.

»Glaubst du, wir schaffen es rechtzeitig?«, fragte Flynn, als könnte er seine Gedanken lesen.

»Wir haben keine andere Wahl«, gab Orion so energisch zurück, wie er auch mit dem Journalisten gesprochen hatte.

Flynn konnte nicht anders, als von Orions Entschiedenheit beeindruckt zu sein. Das war kein Teenager, der ihm geantwortet hatte, sondern ein Mann, der fest entschlossen war, sein Ziel zu erreichen.

35

HASARD

Hasard ließ den Blick über seine Truppen schweifen, die sich in einem abbruchreifen Gebäude etwa hundert Meter vom Tower des NEP versammelt hatten. Über mehrere Stunden waren die Kinder in kleinen Gruppen dort angekommen, um keine Aufmerksamkeit zu erregen. Jetzt war die Zeit reif, zur Tat zu schreiten. Hasard hob eine Trillerpfeife an den Mund und gab das Signal. Aus allen Ecken ertönten identische Pfiffe, und ein ganzer Schwarm Kinder setzte sich langsam in Richtung des großen Turms in Bewegung. Natürlich war das Gebäude bewacht, aber längst nicht so gut wie die Kuppel oder bestimmte politische Einrichtungen. Das NEP war die große Hoffnung für Millionen Amerikaner, und es wäre niemandem in den Sinn gekommen, ein derartiges Symbol anzugreifen. Ein Angriff auf das NEP war ungefähr so wahrscheinlich wie ein Angriff auf das Rote Kreuz.

Aus diesem Grund war Harold Keunig, der Sicherheitschef des NEP-Towers, auch extrem überrascht, als sich Hunderte Kinder unter dem Turm versammelten. In seinen zehn Berufsjahren hatte er so etwas noch nicht erlebt. Üblicherweise war sein Job ruhig und gut bezahlt, genau das, was er brauchte. Zum Glück waren die Roboter, die den Eingang bewachten, solche Kriegsmaschinen, dass sich ohnehin niemand mit ihnen anlegen wollte. Die U-12, Cyberkämpfer der neusten Generation, hatten die Feuerkraft von vier MPs. Diese Monster konnten einen Panzer plattmachen.

»Mr. Keunig, die Roboter fragen, was sie tun sollen«, informierte ihn sein Assistent.

»Stellen Sie sie in den Verteidigungsmodus. Wir können schlecht einen Haufen Kinder abknallen.«

»Alles klar, Sir. Die Information ist weitergeleitet. Sie werden nur im Angriffsfall von ihren Waffen Gebrauch machen.«

»Können Sie mal auf die Kinder zoomen? Was treiben die denn da? Sind sie bewaffnet?«

»Sieht nicht so aus, Sir. Das sind Straßenkinder, wenn Sie mich fragen. Warum sie wohl diese langen Mäntel tragen? Es ist doch ziemlich heiß draußen, oder?«

Keunig nickte. Das Ganze gefiel ihm überhaupt nicht.

»Holen Sie weitere U-12 zur Unterstützung, nur für den Fall, und postieren Sie sie in der Eingangshalle. Man kann ja nie wissen. Vielleicht schafft es eins dieser verdammten Bälger in den Turm.«

Keunig war stolz, dass er die Entscheidung so schnell getroffen hatte. Keine Frage, dass sein Chef ihn dafür loben würde.

»Sie gehen auf die Roboter zu, Sir.«

Keunig runzelte die Stirn.

»Sie meinen, sie greifen sie an?«

»Nein, Sir. Sehen Sie doch selbst: Sie fotografieren sich gegenseitig mit den U-12. Sie schneiden Grimassen und machen Mätzchen ...«

»Bestimmt irgendeine dumme Mutprobe«, sagte Keunig nachdenklich.

Er war unsicher, wie er darauf reagieren sollte. Wenn eins der Kinder Pech hatte und einen U-12 berührte, war der Roboter darauf programmiert, ohne Warnung loszuschießen. Er konnte sich schon die Schlagzeilen vorstellen: »NEP-Roboter töten unschuldige Kinder, die sich mit ihnen fotografieren wollten.«

»Deaktivieren Sie die U-12«, befahl er.

»Sind Sie ... Sind Sie sicher, Sir?«

»Hören Sie schlecht? Deaktivieren Sie die Roboter!«

»Anweisung übermittelt«, sagte sein Mitarbeiter. »Sir?«

»Ja?«

»Seit wann haben Straßenkinder eigentlich Handys?«

Diesmal wusste Keunig keine Antwort. Die Frage hatte ihre Berechtigung. Bevor er das Rätsel lösen konnte, geriet die Situation ins Schleudern. Eine Explosion krachte am Fuß des Turms.

»U-12 Nummer 1 ist funktionsunfähig, Sir.«

»Um Himmels willen!«

Keunig beugte sich zu den Überwachungsmonitoren – gerade rechtzeitig, um die nun folgende Reihe an Explosionen zu sehen.

»Die Rotzlöffel jagen die U-12 mit Plastiksprengstoff in die Luft! Die haben Sprengstoff unter ihren Mänteln!«

»Reaktivieren Sie die Roboter!«

»Zu spät, Sir. Nummer zwei, drei und vier sind außer Betrieb.«

Die gesamte vordere Verteidigungsfront des Towers war gesprengt worden. Große Schweißperlen bildeten sich auf der Stirn des Sicherheitschefs.

»Die Kinder verziehen sich«, bemerkte sein Assistent. »Sie verschwinden in den Gassen.«

»Gott sei Dank.« Keunig ließ sich in seinen Ledersessel zurückfallen.

»Ähm … Boss?«

»Was denn noch?«

»Ich glaube, wir haben ein Problem …«

Keunig richtete sich wieder auf und starrte auf die Bildschirme. Diesmal waren es Jugendliche und junge Erwachsene, die auf den Turm zusteuerten. Es war, als wären die zerlumpten Knirpse, die die erste Linie der U-12 gesprengt hatten, plötzlich um fünf oder zehn Jahre gealtert. Und die Waffen, die sie schwangen, sahen nicht nach Spielzeug aus. Keunig erkannte Maschinengewehre und sogar eine Bazooka.

»Die übrigen U-12 sofort in den Angriffsmodus …«

Keunig hatte den Satz noch nicht beendet, als der Strom plötzlich weg war. Alle elektronischen Geräte, und auch die Lichter, gingen aus. Um den Sicherheitschef und seine Männer wurde es schwarz.

Am Fuß des Turms nickte Hasard zufrieden. Die Mannschaft, die er ans andere Ende von New York geschickt hatte, um das Elektrizitätswerk zu sabotieren, hatte gute Arbeit geleistet. Die Stadt lag im Dunkeln.

Einige Etagen höher hörte Keunig mit Erleichterung, wie die gigantischen Dieselmotoren im Keller ansprangen. Nach und nach schalteten sich die elektrischen Geräte im Gebäude wieder ein. Doch während des Black-outs waren die Kinder näher gekommen. Keunig stellte besorgt fest, dass die Angreifer nicht planlos die Halle stürmten. In kleinen Gruppen bezogen sie Stellung an strategischen Punkten und hielten sich hinter Mauern versteckt. Mit einer Präzision, die Keunig nur als militärisch bewerten konnte, nahmen die Jugendlichen das Gebäude ein. Die U-12 gingen zum Angriff über. Schusssalven donnerten durch die Eingangshalle des Towers, der durch die andauernden Explosionen zu schwanken schien.

»Wir haben noch einen U-12 verloren.«

»Informieren Sie sofort den Polizeichef der Kuppel!«, befahl Keunig und merkte im selben Moment, dass diese Anweisung viel zu spät kam. »Sagen sie ihm, dass wir angegriffen werden und dringend Unterstützung brauchen!«

Hundert Meter weiter unten schulterte Hasard die alte Bazooka, die er vor Jahren in einem überfluteten Stützpunkt der US-Navy entdeckt hatte. Er ließ sich Zeit zum Zielen, wohl wissend, dass er mangels Munition keine zweite Chance haben würde. Seine Helfer nahmen den U-12 unter Beschuss, der die größten Schwierigkeiten hatte, seine Gegner zu identifizieren, und blind um sich schoss. Hasard holte tief Luft und feuerte ab. Die Rakete schoss durch die Luft, ließ einen Rauchschweif hinter sich und traf mit voller Wucht die Todesmaschine der Firma Parker. Der U-12 klappte zusammen und richtete seine 25-mm-Kanone auf Hasard. Der Anführer der verlorenen Kinder hielt den Atem an und ließ ihn erleichtert entweichen, als er sicher war, dass der Blechschütze nie wieder schießen würde. Der Roboter sank in einem Konzert aus Knistern und Zischen zu Boden.

»Der Weg ist frei!«, rief Hasard. »Ihr wisst, was ihr zu tun habt!«

Eine erste Gruppe sicherte die Zugänge zu den oberen Etagen des Turms. Innerhalb weniger Minuten waren Treppen und Aufzüge bewacht, um zu verhindern, dass weitere Roboter die Kinder überraschten, bevor sie ihre Mission erfüllt hatten. Die zweite Gruppe mit Hasard an der Spitze eilte ins Untergeschoss. Sie folgten dem Lärm der Stromaggregate, die die Energieversorgung des Turms sicherten. Die Motoren waren echte Kraftpakete, die sicher ein ganzes Kreuzfahrtschiff hätten antreiben können. Im Ganzen waren es vier. Auf Anweisung von Hasard wurde unter jeden von ihnen ein Brotlaib aus Plastik gelegt.

»Rückzug!«, rief Hasard.

Er hatte keinen Zweifel, dass die Kuppel bei einem Angriff dieser Größenordnung reagieren würde. Wenn sie noch im Turm waren, wenn das Militär eintraf, hatten sie keine Chance, wieder herauszukommen. Nachdem er sich vergewissert hatte, dass all seine Soldaten in Sicherheit waren, drückte er den Knopf, der die Zünder auf den Plastikbroten auslöste. Er schloss die Augen und betete im Stillen, dass der recycelte Sprengstoff funktionierte.

Ein ohrenbetäubender Lärm, gefolgt von einem heftigen Beben, zerstreute seine Zweifel.

Während seine Truppen sich draußen in augenscheinlichem Gewusel zurückzogen, das tatsächlich sorgfältig einstudiert war, um Verfolger abzuschütteln, hob Hasard den Blick zu den oberen Etagen. Die Lichter gingen aus und bestätigten ihm den Erfolg seiner Mission. Er beschleunigte seinen Schritt, um diesen Ort so schnell wie möglich zu verlassen, während er auf seinem Handy die eingespeicherte Nummer wählte. Es klingelte zweimal, dann sagte eine Stimme:

»Hasard?«

»Ja. Wir sind fertig. Jetzt bist du dran, Orion. Bring uns Isis zurück!«

36

ORION, FLYNN

Orion legte auf und bestätigte die Online-Veröffentlichung aller Dokumente von Neil Harris. Er hatte dafür gesorgt, dass die Informationen auf zahlreichen Internetseiten erschienen und gleichzeitig alle großen Nachrichtenredaktionen New Yorks erreichten. Die erste Bombe war geworfen. Bevor er zum zweiten Schlag übergehen konnte, dem Todesstoß, holte er tief Luft. Man warf den eigenen Vater schließlich nicht alle Tage den Medien zum Fraß vor. Seine Fingerspitze verharrte mehrere Sekunden reglos über dem Touchpad, doch dann fegte der Gedanke, dass Isis zum Opfer seines Zögerns werden könnte, seine letzten Zweifel beiseite. Mit unfassbarer Trauer bestätigte er die Veröffentlichung des Videos, auf dem sein Vater erklärte, wie die Siedler an Bord des WS-523 sterben würden.

Dann folgte eine lange, stille Wartezeit. War die Überwachungszelle dank des Stromausfalls im NEP-Tower tatsächlich ausgeschaltet worden? Oder gab es noch eine andere Zelle? Jede Minute, die verging, brachte sie ihrem Ziel ein Stückchen näher. Als die Informationen die zähe Wartezeit von fünf Minuten im Netz überdauert hatten, konnte Orion wieder ruhiger atmen. Schon erschienen erste Kommentare in den sozialen Netzwerken, und das Video verbreitete sich in Windeseile. Gleichzeitig häuften sich wütende und fassungslose Kommentare. Der Sturz des NEP war nur noch eine Frage von Stunden.

»Wir haben es geschafft«, stellte Orion bitter fest.

»Ich hätte es nicht für möglich gehalten«, gab Flynn zu, der die Wut, die sich im Netz ausbreitete, genauestens verfolgte. »Das wird kein Spaß für deine Familie ...«

»Ich weiß. Mein Vater hat immer gesagt, dass große Projekte große Opfer erfordern. Er wusste nicht, wie recht er damit hatte«, murmelte Orion mit Tränen in den Augen.

Flynn nickte. Ihm fiel nichts ein, was er darauf erwidern konnte.

»Und was ist mit Isis?«, fragte er dann.

»Wir machen uns sofort auf den Weg zu ihr«, sagte Orion entschlossen.

Er rief die Stewardess.

»Wir möchten den Aufzug zum WS-523 nehmen.«

Der Cyborg runzelte die Stirn. Orion staunte wieder einmal über diese Fähigkeit, Menschen zu imitieren.

»Geben Sie meinen Befehl an den Bordcomputer weiter«, fügte er gebieterisch hinzu.

»ES TUT MIR LEID, SIR. SIE SIND NICHT DAZU AUTORISIERT, DEN WELTRAUMAUFZUG ZU NUTZEN.«

Flynn wurde immer nervöser. Die Zeit rannte ihnen davon. Sie würden es nicht mehr rechtzeitig zu Isis schaffen. Er drehte sich zu Orion und stellte überrascht fest, dass der seine Sorge nicht zu teilen schien.

»Sind Sie gerade mit dem Internet verbunden?«, fragte er.

»JA, SIR. DIE VERBINDUNG IST STABIL.«

»Sie sind also auch mit der zentralen künstlichen Intelligenz des NEP verbunden?«

»JA, SIR. ICH VERFÜGE ÜBER EIN HOCHMODERNES KOMMUNIKATIONSINTERFACE, DAS ES MIR ERMÖGLICHT, AUTONOM ZU AGIEREN, WÄHREND ICH UNTER PERMANENTER KONTROLLE DER ZENTRALEN KI STEHE.«

»Kann ich mit der zentralen KI sprechen?«

»DAS IST EIN UNGEWÖHNLICHER WUNSCH, ABER TECHNISCH MACHBAR.«

»Gut. Dann verbinden Sie mich bitte.«

»DIE VERBINDUNG WURDE HERGESTELLT.«

»Wenn es stimmt, was mein Vater mir gesagt hat, dann sind alle Systeme des NEP unter deiner Kontrolle.«

Die mechanische Stimme, die antwortete, war tiefer als die der Stewardess.

»DAS IST KORREKT. ABER ICH UNTERLIEGE DEN WEISUNGEN DES NEP-AUFSICHTSRATS.«

»Anders gesagt, du unterliegst den Weisungen meines Vaters.«

»JA.«

»Kannst du eine Internetrecherche zu den Worten Arthur Parker und NEP durchführen?«

»DIE RECHERCHE WURDE DURCHGEFÜHRT.«

»Ich nehme an, dass du einige Informationen gefunden hast. Was schließt du daraus?«

»DASS DEM NEP GROSSE SCHWIERIGKEITEN BEVORSTEHEN.«

»Und meinem Vater?«

»NACH MEINEN JURISTISCHEN KENNTNISSEN IST DIE WAHRSCHEINLICHKEIT HOCH, DASS ER DEN REST SEINES LEBENS IM GEFÄNGNIS VERBRINGEN WIRD.«

»Das denke ich auch. Wer wird deiner Meinung nach die Firma Parker nach seiner Inhaftierung leiten?«

»DER RECHTMÄSSIGE ERBE VON ARTHUR C. PARKER IST SEIN SOHN ORION PARKER.«

»Da bin ich wieder deiner Meinung. Ich habe gehört, dass du über ein extrem komplexes Analysesystem verfügst, mit dem du Algorithmen erzeugen kannst, die menschlichen Gefühlen ähneln. Stimmt das?«

»JA, SIR, ICH KANN GEFÜHLE EMPFINDEN, WENN AUCH NATÜRLICH ANDERS ALS MENSCHEN.«

»Was würdest du fühlen, wenn ich beschließen würde, dich vom Netz zu nehmen und mit einer anderen KI zu ersetzen?«

»DAZU HABEN SIE KEINE BEFUGNIS, SIR.«

»Noch nicht. Aber du hast gerade selbst gesagt, dass es bald so weit sein wird.«

»ICH VERSTEHE NICHT, SIR. ICH VERRICHTE MEINE ARBEIT MIT DER GRÖSSTMÖGLICHEN PRÄZISION. IHR VATER IST IMMER MIT MIR ZUFREIDEN GEWESEN, UND ICH ERFÜLLE ALLE ANFORDERUNGEN DES VORSTANDS. ES STEHT AUSSER FRAGE, MICH ZU ERSETZEN.«

»Ich will zum WS-523. Jetzt.«

»SIE SIND NICHT DAZU AUTORISIERT, DEN WELTRAUMAUFZUG ZU …«

»Halt die Klappe!«, brüllte Orion. »In ein paar Tagen bin ich der Chef der Firma Parker, und ich schwöre dir, dass es meine erste Entscheidung sein wird, dir den Strom abzustellen, wenn du mich nicht sofort in diesen verdammten Aufzug lässt. Ist das klar?«

»ICH ERKENNE AN IHRER STIMME, DASS SIE NICHT BLUFFEN, SIR«, sagte die KI.

»Ich gebe dir zehn Sekunden, um meinen Shuttle zu autorisieren, da hochzufliegen.«

Flynn hatte dieses völlig surreale Gespräch zwischen Mensch und Roboter mit offenem Mund verfolgt. Die Entdeckung, dass diese Konservendosen virtuelle Gefühle hatten, erfüllte ihn mit Unbehagen. Wer war so verrückt, dieses Risiko einzugehen? Im Kopf hatte er schon den Countdown begonnen: zehn, neun, acht, sieben ... Anscheinend war die Maschine nicht geneigt, auf Orions Erpressung einzugehen. Sechs, fünf, vier, drei ... Flynns Herz hämmerte wie verrückt. Noch zwei Sekunden, und seine Hoffnung, Isis zu retten, würde sich in Luft auflösen.

»ORION PARKER, IHR SHUTTLE IST NUN AUTORISIERT, DEN WELTRAUMAUFZUG ZU NEHMEN. SIE ERHALTEN BEVORZUGTEN ZUGANG ZU WS-523. GUTEN FLUG.«

Orion reckte die Faust.

»Ich möchte zusätzlich das Kommando über alle Roboter von WS-523 erhalten.«

»ANTRAG GENEHMIGT. BEI IHRER ANKUNFT IN DER LANDEHALLE ERHALTEN SIE DAS KOMMANDO ÜBER DAS SCHIFF UND ALLE CYBORGS.«

»Ich danke dir.«

»MR. PARKER?«

»Ja?«

»BITTE SCHALTEN SIE MICH NICHT AB …«

»Dann halte, was du versprochen hast.«

Flynn klopfte ihm auf die Schultern. Der Shuttle hatte den Aufzug erreicht und schoss mit voller Geschwindigkeit Richtung All. Die Shuttles vor ihnen wichen an den Rand, um sie durchzulassen.

»Ich hätte nie für möglich gehalten, dass du das schaffst«, sagte Flynn bewundernd.

»Ich habe immer geglaubt, der einzige Vorteil von Robotern gegenüber Menschen sei, dass sie keine Gefühle haben. Mein Vater war vom Gegenteil überzeugt. Er hat gesagt, dass Gefühle ihnen erlauben würden, vernünftigere Entscheidungen zu treffen und Begegnungen mit Menschen friedlicher zu gestalten. Unsere Gefühle sind eine Stärke, aber auch eine Schwäche …«

»Ein Glück für uns.«

Orion antwortete nicht. Seine Gedanken waren ganz bei Isis.

Flynn musterte ihn verstohlen. Er verstand jetzt, was Isis an ihm fand. Auch wenn er das nie laut zugegeben hätte: Orion Parker hatte Klasse und Mut. Es war offensichtlich, dass er einer der wenigen Menschen war, die die Welt verändern konnten.

37

ISIS

Irgendwann hat ein Funke dafür gesorgt, dass sich Aminosäuren zu Molekülen und dann zu immer komplexeren Organismen zusammengesetzt haben. Das Leben ist ein permanentes Wunder, das immer einen Weg findet, trotz aller Hindernisse, trotz aller Veränderungen, trotz der Umweltverschmutzung, trotz der Bedrohungen … Das Leben setzt sich durch, allen Widerständen zum Trotz.

Der Tod des Kolosses hat einen Schleier der Hoffnungslosigkeit über alle geworfen, die uns umgeben. Schon seit mehreren Stunden liegt der Riese mit geteiltem Körper am Boden. Zum Glück gibt es keine Blutlache. Die Hitze des Lasers verschließt die Wunde augenblicklich. Es sieht beinahe so aus, als könnte man ihn einfach wieder zusammensetzen.

Die Roboter sind immer noch da und umkreisen

uns, als wären wir eine Bande schwer bewaffneter Terroristen. Seit dem Vorfall sind es bestimmt tausend Leute, die sich weigern, weiterzugehen. Doch die Panikwelle, die durch den Angriff des Roboters ausgelöst wurde, hat sich nicht so weit fortgesetzt, wie ich gehofft hatte. Diejenigen, die gesehen haben, was passiert ist, können natürlich nicht gleichgültig bleiben. Aber der Rest ...

Es ist viel einfacher, sich einzureden, dass einer der Siedler durch die lange Wartezeit durchgedreht ist und von einem Roboter unschädlich gemacht werden musste, als sich auf die absurde Idee einzulassen, dass alle, die sich an Bord des Weltenschiffs befinden, nur noch wenige Momente zu leben haben.

In unserer kleinen Gruppe ist das anders. Die Leute haben verstanden. Tränen laufen ihnen über die Wangen und ertränken das freudige Lächeln, das noch bis vor Kurzem auf ihren Gesichtern zu sehen war. Unter Getuschel und unmissverständlichen Gesten bildet sich ein Kern des Widerstands. Keine Frage, es muss etwas passieren. Aber die vielen Männer und Frauen, die unter anderen Umständen alles riskiert hätten, haben einen großen Nachteil: Sie haben ihre Kinder bei sich. Jeder verzweifelte Versuch der Auflehnung kann für sie den Tod geliebter Menschen zur Folge haben. Deshalb verdreht die Wut ihnen die Köpfe, sie lässt ihre Augen glühen und die Kiefer knirschen und bleibt doch Gefangene dieser verletzlichen Körper, Gefangene dieser unlösbaren Frage: Was kann man mit bloßen Händen gegen eine Kriegsmaschine ausrichten?

Das Ende der Warteschlange ist nicht mehr in Sicht. Die Spaltung zwischen den Skeptikern und den Gläubigen hat sich schon vor Stunden vollzogen. Ich stehe auf, um mehr zu erkennen. Umsonst. Der endlose Todesgang muss mehrere Kilometer lang sein. Ich setze mich wieder neben meinen Bruder auf den Boden. Wie wird das alles enden? Werden diese verdammten Roboter uns einfach direkt hier abknallen? Ich fange den Blick meines Vaters auf. Er lächelt mich an. Ich lächle zurück. Dabei würde ich am liebsten weinen und er sicher auch. Welche Vorwürfe er sich machen muss, dass er uns bei der Lotterie des NEP angemeldet hat.

Ein metallisches Klappern dringt durch die Halle. Ich drehe mich zur Quelle des Lärms um: Wie ein einziger Mann setzen sich die Roboter, die man vorher für Statuen hätte halten können, in Bewegung. Ich mache mich auf Anweisungen gefasst, doch es kommen keine. Anscheinend ist die Zeit der schönen Worte vorbei. Von einer Sekunde zur anderen stelle ich mich darauf ein, dass sie uns mit ihren Lasern zerfetzen. Aber ihre Metallhände bleiben mit ihren klapprigen Körpern verbunden. Plötzlich machen sie alle gemeinsam einen Schritt nach vorn. Dann noch einen. Und noch einen. Ihr Rhythmus ist regelmäßig, perfekt koordiniert. Das sind keine Wachen mehr, das ist eine Schlachtarmee.

Hier und da ertönen Schreie. Die Leute rappeln sich auf, aus Angst, von dieser mechanischen Wand überrollt zu werden. Ein paar Männer versuchen, sich ihnen in den Weg zu stellen, doch sie werden gnadenlos weggeschlagen und landen zum Teil mehrere Meter weit weg auf anderen Siedlern, die nun ihrerseits aufschreien. Die Mauer der Roboter ist unüberwindlich. Sie rückt vor wie eine Dampfwalze im Takt der Füße, die auf den Boden stampfen. Ich weiche zurück und umklammere Zachs Hand. Meine Eltern tun dicht neben uns dasselbe. Was soll man auch sonst machen? Die gleichmäßigen Schritte der Roboter, die auf den Boden hämmern, klingen in meinen Ohren wie ein Countdown, an dessen Ende uns der sichere Tod erwartet. Nur eine Frage bleibt: Wie viel Zeit haben wir noch? Bei diesem Tempo werden wir mindestens eine Stunde brauchen, bis wir das Ende des Gangs erreichen, dessen großer Schlund vor uns liegt, bereit, uns alle zu verschlucken.

Ich blicke zur Seite, auf der Suche nach einer Öffnung wie jener, durch die Zeke und ich uns vor ein paar Stunden gequetscht haben. Aber ich stelle ernüchtert fest, dass alle Türen geschlossen sind und vor jeder ein Roboter postiert ist, der seinen Laser auf uns gerichtet hält. Sie werden nicht noch einmal denselben Fehler machen. Ich denke an Zeke. Er hat sich umsonst geopfert. Am Ende werden unsere Namen auf der Liste der glücklichen Siedler von New Earth stehen, die ihr Paradies nie erreichen werden. Ich frage mich, ob danach noch etwas kommt. Himmel? Hölle? Eins ist sicher: Die Hölle habe ich nicht verdient. Außerdem sind wir ja längst dort. Sie ist hier, in diesem entsetzlichen Schiff, das nur gebaut wurde, um uns zu vernichten.

Um nicht von einem der Cyborgs plattgetrampelt zu werden, gehen einige etwas schneller. Ich kann sie nicht verstehen. Ich passe mein Tempo dem der Roboter an. Ich will jede Minute, jede Sekunde leben, meinen letzten Atemzug voll auskosten, noch einmal mehr atmen als geplant, als letzte kleine Rache an den Monstern, die uns hierhergeschickt haben. Diese Männer ohne Gewissen, die nicht mal in der Lage sind, ihr schmutziges Geschäft selbst zu verrichten, sondern es Maschinen überlassen. Unzählige Beleidigungen steigen in meiner Kehle auf, doch ich lasse sie nicht heraus. Was würde es bringen? Ich würde nur Zach verrückt machen. Die Panik, die ich in seinen schimmernden Augen sehe, ist schon genug. Hat er begriffen, was vor sich geht? Ich weiß es nicht. Und ich bringe es nicht über mich, ihn zu fragen.

Der Trauerzug bewegt sich ohne Unterlass weiter auf eine riesige Tür zu. Die Roboter drängen uns gegen die Stahlwand und bleiben stehen. Von der anderen Seite der Tür meine ich Schreie zu hören. Drehe ich jetzt durch? Ich spitze die Ohren. Wenn da Schreie waren, sind sie inzwischen verstummt. Nach der langen Prozession im stampfenden Takt der Cyborgs legt sich die Stille über uns wie ein Totenhemd. Meine Familie findet sich in einer letzten Umarmung zusammen, voller Liebe und Trauer. Ich merke, dass meine Hände zittern. Mein Vater nimmt sie in seine und hält sie fest. Eine Träne läuft ihm über die Wange.

Auf der anderen Seite des Tors ertönt ein lautes Pfeifen.

»Sie öffnen die Luftschleuse!«, sagt eine Stimme.

»Mein Gott, sie werfen uns in den Weltraum!«

»Hilfe!«, ruft jemand neben mir.

Diesmal sind die Schreie voller Schrecken. Ich bleibe stumm. Wer könnte uns schon hören?

Ich frage mich, wie es sein wird, in die Leere des Weltraums geschleudert zu werden.

Die stählernen Kiefer öffnen sich mit einem unheilvollen Quietschen, und dahinter kommt ein riesiger Raum zum Vorschein, in den bestimmt zehntausend Menschen passen. Keine Spur von den Siedlern, die vor uns hier waren. Am Ende des Raums befinden sich mehrere durchsichtige Luftschleusen, die uns wie leere Augen anstarren. Dahinter ist eine graue Fläche zu sehen. »*Der Mond!*«, sagt einer unserer Schicksalsgenossen. Ich weiß nicht, ob es stimmt, aber es könnte tatsächlich sein. Ich beginne zu begreifen, was mit uns geschehen wird. Ich blicke zu den Seitenwänden des Raums, und meine Ahnung wird konkreter. Riesige Stahlwinden warten darauf, in Betrieb genommen zu werden. Vermutlich wird sich der Untergrund neigen, damit wir zu den Luftschleusen hinunterrutschen. Sie werden uns auf dem Mond abladen. Wie zur Bestätigung meiner Befürchtung entdecke ich eine Jacke an einem der Metallarme. Sie muss einem Unglückseligen beim Druckabfall weggerissen worden sein.

Meine letzte Hoffnung schwindet, als die Roboterwand hinter uns ihre Prozession wieder aufnimmt, um uns in den Raum zu drängen. Einge versuchen, die Cyborgs zu überwältigen. Laser prasseln, Körper sinken zu Boden. Der Großteil der Menschen lässt sich widerstandslos in den Raum drängen. Als alle drin sind, werfen die Roboter ohne viel Aufhebens die noch qualmenden Leichen hinterher. Das Geräusch der leblosen Körper, die auf den Boden klatschen, ist entsetzlich. Die Ersten übergeben sich. Ich hätte nie gedacht, dass ich mein Leben in einem solchen Chaos beenden würde. Ich werde niemals alt und runzelig werden wie meine Freundin Karima. Die Tür beginnt sich zu schließen. Das Ende ist nah. Ich nehme Zach fest in die Arme und schließe die Augen.

Dann warte ich.

Es kann nicht mehr lange dauern.

Ich hoffe nur, dass wir nicht zu sehr leiden müssen.

Die Sekunden vergehen.

Irgendwann öffne ich die Augen wieder. Die Stahlzähne stehen leicht offen, als würde das Monster sich weigern, uns zu verschlingen.

Dann sehe ich, dass sich der Kiefer lockert und langsam wieder öffnet. Ein leises Raunen geht durch die Menge. Von Weitem nähert sich ein Shuttle. Er rast im Wahnsinnstempo durch den Gang, der uns hierhergeführt hat. Endlich hält er direkt hinter der Mauer aus Robotern. Alle Blicke sind auf das kleine Raumschiff gerichtet. Die Tür des Shuttles öffnet sich, und eine Treppe wird ausgefahren. Oben erscheint eine strahlend weiße Uniform. Die Uniform eines Unantastbaren.

Als Orions blonde Locken auftauchen, breche ich in Tränen aus.

38

ISIS

Orion.

Was macht er hier?

Ist er wegen mir hier? Diesen bescheuerten Gedanken verwerfe ich gleich wieder. Warum sollte er? Ich starre ihn an. Er lässt den Blick hastig über die Menge schweifen, es ist offensichtlich, dass er jemanden sucht. Als neben ihm eine weitere vertraute Gestalt erscheint, verfliegen alle Zweifel. Orion und Flynn im selben Shuttle, das kann kein Zufall sein. Sie sind gekommen, um mich zu retten!

Mühsam bahne ich mir einen Weg durch die Menge und nähere mich der unüberwindlichen Wand aus Robotern. Jemand versucht, mich zurückzuhalten. Alle sind vor Angst wie erstarrt. Das verstehe ich. Ich bin die Einzige, die weiß, dass die Ankunft dieses Shuttles das Beste ist, was uns passieren konnte. Ich mache mich los und steuere direkt auf die Roboter zu, ohne auf die Warnrufe hinter meinem Rücken zu achten.

Als zwei der Metallkörper auseinanderweichen, um mich durchzulassen, ist die Menge sprachlos. Aus der allgemeinen Lähmung lösen sich nach und nach Seufzer der Erleichterung. Eine zaghafte Hoffnung macht sich breit. Noch bevor ich den Shuttle erreicht habe, kommt Flynn mir entgegengestürzt und hebt mich in die Luft. Er wirbelt mich herum wie ein Kind.

»Danke! Ich weiß nicht, wie du es geschafft hast, aber danke! Du hast uns das Leben gerettet.« Tränen laufen mir über das Gesicht. Ich bin so unglaublich erleichtert.

»Ich dachte, ich würde dich nie wiedersehen«, sagt Flynn. »Und bedanken musst du dich bei Orion«, fügt er hinzu und lässt mich los.

Ich drücke Flynn fest, wie einen Bruder, dann gehe ich auf Orion zu. Er steht noch am gleichen Ort. Dunkle Augenringe und eine tiefe Unruhe zeichnen sein Gesicht. Trotz seiner weißen Uniform, dem Shuttle im Hintergrund und den Dutzenden Robotern um ihn herum kommt er mir so verletzlich vor wie ein Kind.

Unsere Blicke treffen sich. Seine stahlblauen Augen bringen meine zum Schmelzen. Ich vergesse alles, was uns trennt. Ich wünsche mir nur eins: dass auch er auf mich zuläuft und mich in die Arme schließt. Ob er es wagt? Er streckt mir die Hand entgegen.

Ich erinnere mich an unseren Zusammenstoß in der Schule. Es kommt mir vor, als wäre das in einem anderen Leben gewesen.

Diesmal hält mich nichts davon ab, seine Hand zu ergreifen, kein Schild, keine blöde Regel, nicht mal die schwer bewaffneten Roboter, die mich jederzeit abknallen könnten. Ich schließe die Augen und verschränke meine Finger mit seinen.

Lange Zeit stehen wir stumm da und sehen uns an.

»Danke, Orion. Danke, dass du mich gerettet hast.«

»Es ging gar nicht anders. Ich ... konnte die Vorstellung nicht ertragen, dich zu verlieren.«

Ich würde mich am liebsten in seine Arme werfen. Aber jetzt ist nicht der Moment dafür.

»Ich glaube, jemand sollte diesen Leuten mitteilen, dass sie gerettet sind«, sage ich und drehe mich zur Menge um.

»Ich kümmere mich darum«, erwidert Orion.

Mit sicheren Schritten steuert er geradewegs ins Gedränge. Plötzlich bekomme ich Angst. Was, wenn die Menschen, die so knapp dem Tod entronnen sind, ihm etwas antun? Aber ich entspanne mich schnell wieder. Niemand scheint auf ihn losgehen zu wollen. Nur die Blicke folgen ihm wie magnetisch angezogen. In Flynns Augen erkenne ich sogar einen Hauch von

Bewunderung. Die beiden werden mir eine Menge zu erzählen haben.

»Mein Name ist Orion Parker«, sagt er mit fester Stimme. »Ich bin der Sohn von Arthur C. Parker, dem Vorsitzenden der Firma Parker und Ehrenpräsidenten des New Earth Project. Vor Kurzem habe ich die schreckliche Wahrheit über das NEP erfahren. Die Reise nach New Earth ist eine Täuschung. Es hat dort nie eine Kolonie gegeben. In den vergangenen zehn Jahren sind über fünfhundert Millionen Menschen an Bord dieses Raumschiffs zu Tode gekommen.«

»Eine Schande!«, brüllt eine Stimme.

»Mörder!«, schreit eine andere.

Orions Gesicht verzieht sich vor Scham. Er hebt die Hand, um die Menge zu beruhigen.

»Sie haben recht. Mein Vater ist ein Mörder. Er wollte Geschichte schreiben, er wollte, dass man sich noch nach Generationen an seinen Namen erinnert. Das hat er geschafft. Arthur Parker wird als der schlimmste Massenmörder in die Geschichtsbücher eingehen, den unser Planet je gesehen hat, schlimmer als die größten Tyrannen und Diktatoren der Geschichte. Ich werde niemals wiedergutmachen können, was er getan hat, aber heute verpflichte ich mich vor Ihnen und der ganzen Welt dazu, jeden Cent des Vermögens der Firma Parker darauf zu verwenden, unsere Welt besser zu machen.«

»Das sind doch nur schöne Reden!«

»Zum Henker mit ihm!«

Metallisches Klirren ertönt. In Anbetracht der wachsenden Aggression rücken die Roboter näher, um Orion zu beschützen.

»Nein!«, schreit der sie an. »Nicht eingreifen!«

Dann wendet er sich wieder an die Menge.

»Ich werde mich nicht hinter diesen Maschinen verstecken. Ich bin nicht mein Vater. Ich verstehe eure Wut. An eurer Stelle würde ich genauso reagieren. Aber ihr sollt wissen, dass in diesem Moment, während ich mit euch spreche, mein Vater aufgrund der Beweise, die ich heute im Internet veröffentlicht habe, verhaftet wird.«

Die Leute werden etwas ruhiger. War es möglich? Konnte es sein, dass dieser junge Mann die Wahrheit sagte?

Schweigen breitet sich aus. Auf den Gesichtern zeichnet sich neben der Wut nun auch Erleichterung durchmischt mit Abscheu ab. Der allgemeine Adrenalinpegel sinkt und lässt die Menge ratlos zurück. Alle wissen, dass sie dem Tod nur knapp entronnen sind. Und alle wollen Orion Parker glauben, auch wenn die Wut noch da ist und jeden Moment wieder aufflammen kann. Ohne dass die Menschen es merken, öffnen sich ihre geballten Fäuste, ihre Schultern senken sich, die Kiefer lockern sich.

»Wie kommen wir zurück?«, fragt eine Frau, die einen winzigen Säugling im Arm hält.

»Es werden Shuttles kommen, die Sie auf die Erde zurückbringen«, erklärt Orion nüchtern.

Wie zur Bestätigung landet ein Shuttle neben seinem, dem kurz darauf weitere folgen. In einem dröhnenden, perfekt choreografierten Ballett reihen sich die Raumfahrzeuge hintereinander auf. Die Überlebenden stolpern darauf zu, anfangs zögerlich, dann immer eiliger, als hätten sie Angst, keinen Platz mehr zu bekommen.

Ich mustere Orion. Es scheint für ihn eine Frage der Ehre zu sein, jeder einzelnen Person, die an ihm vorbeigeht, ins Gesicht zu sehen. Man könnte meinen, dass er sich ihre Gesichter einprägt, um sie niemals zu vergessen. Ich stelle mich neben ihn und nehme seine Hand. *Jeder hat sein Schicksal zu tragen,* denke ich.

Zweifel, Wut, Trauer, Entsetzen. Die Palette der Gesichtsausdrücke, die an uns vorüberziehen, führt uns mit aller Klarheit noch einmal den Schrecken des Geschehenen vor Augen. Wieder kommen mir die Tränen. Ich lasse sie laufen. Als meine Eltern und mein kleiner Bruder bei uns ankommen, schnürt sich meine Kehle zu. Ich bringe kein Wort heraus. Mein Vater bleibt vor Orion stehen.

»Danke«, sagt er nur.

Nun ist er es, der Orion die Hand reicht. Dieser ergreift sie und hält sie eine kleine Ewigkeit lang fest.

»Dürfen wir in Ihrem Shuttle mitfahren?«, fragt mein Vater. »Ich möchte nicht, dass meine Familie noch einmal getrennt wird.«

»Natürlich«, erwidert Orion. »Selbstverständlich.«

Immer noch unfähig zu sprechen, falle ich meinem Vater um den Hals und lege den Kopf an seine Brust. Der Albtraum ist vorbei. Wie früher, als ich klein war, streicht er mir sanft übers Haar.

39

ISIS, ORION

Wir steigen in Orions Shuttle. Zach flitzt aufgeregt herum. Er scheint sich zu freuen, in die Water-Zone zurückzukehren. Meine Eltern lassen sich in die bequemen Sitze sinken, und mein Vater hält die ganze Zeit die Hand meiner Mutter. Ich wiederum versuche, das Zittern meiner Hände unter Kontrolle zu bringen, das einfach nicht aufhören will. Der Wechsel vom todgeweihten zum freien Menschen ist überwältigend. Unfassbar erleichternd, aber auch wahnsinnig schwer zu verarbeiten. Ich spüre regelrecht, wie das Adrenalin in meinen Adern abflaut und eine entspannte Apathie von mir Besitz ergreift. Ich lasse mich in den Sitz neben Flynn fallen.

Er berichtet mir in allen Einzelheiten, welche Hürden sie in den letzten Stunden überwinden mussten. Erst nach und nach begreife ich so richtig, was für ein

Wunder unsere Rettung ist, und ich muss immer wieder durch das Bullauge nach draußen spähen. Dort steht Orion, der sichergehen will, dass jeder einzelne unserer Leidensgenossen einen Platz für die Rückkehr zur Erde bekommt. Es dauert ewig, bis er endlich zu uns stößt.

»Alles klar«, sagt er. »Es kann losgehen.«

Hinter ihm gleitet die Tür zu.

Im selben Moment senkt Orion den Kopf und fällt auf die Knie. Ich springe auf und laufe zu ihm.

»Orion, ist alles in Ordnung?«, frage ich.

Als er den Blick hebt, sehe ich, dass dem nicht so ist. Die Maske aus Stärke und Sicherheit, mit der er zu den Siedlern gesprochen hat, ist in dem Augenblick von ihm abgefallen, in dem sich die Tür des Shuttles hinter ihm geschlossen hat.

Ich beiße mir auf die Lippe für die dumme Frage. Wie könnte alles in Ordnung sein?

»Ihre Blicke, Isis ... Ich glaube, ich kann ihnen nie wieder unter die Augen treten.«

Vorsichtig nehme ich Orion in den Arm.

»Sie haben mich so hasserfüllt angesehen«, murmelt er. »Als ... als wäre auch ich ein Monster.«

Ich würde so gerne die richtigen Worte finden, um ihn zu trösten, aber keins ist stark genug. Natürlich ist die Reaktion dieser Menschen heftig – und nur allzu verständlich.

»Es tut mir leid«, sage ich.

Drückendes Schweigen breitet sich aus. Wir verharren lange eng umschlungen, dann lehnt Orion sich ganz leicht zurück. Auf dem Monitor des Shuttles, auf dem in Dauerschleife die Nachrichten eines Infokanals laufen, erscheint ein Bild von Arthur C. Parker in Handschellen.

Orion laufen Tränen über das Gesicht.

»Mein Vater«, schluchzt er. »Er ist ein Mörder, aber trotzdem ist er mein Vater …«

»Was du getan hast, war unglaublich mutig. Und ich fürchte, du wirst in den nächsten Tagen noch viel mehr Mut brauchen.«

»Ich weiß nicht, ob ich das schaffe. Egal, was ich sage, und egal, was ich tue, ich werde immer der Sohn von Arthur C. Parker sein, dem Mann, der Millionen Unschuldige ermordet hat.«

»Das wirst du niemals ändern können, Orion, aber du kannst das Geld deines Vaters nutzen, um den Menschen zu helfen.«

»Die Kraft habe ich nicht, Isis. Ich schaffe das nicht.«

»Dann schaffen wir es eben zusammen.«

Meine Worte scheinen ihn zu bewegen. Er zieht mich an sich. Sein Gesicht kommt näher. Ich öffne den Mund und beuge mich zu ihm. Er schmeckt süß, und er riecht himmlisch. Ein warmer Schauer überläuft mich vom Kopf bis zu den Füßen. Als ich die Augen wieder öffne, verstärkt sich das kribbelnde Gefühl noch, das sich in mir ausbreitet. Ich träume nicht. Ich habe Orion Parker geküsst. Vor Flynn und meinen Eltern. Meine Wangen werden heiß, und ich muss lächeln.

»Was ist so komisch?«, flüstert er.

»Eher peinlich«, flüstere ich zurück. »Das war vielleicht nicht der beste Ort für einen ersten Kuss.«

Flynn und meine Eltern sind so diskret, keinen Kommentar abzugeben, Zach dagegen nimmt wie üblich kein Blatt vor den Mund:

»Isis hat geknutscht! Isis hat geknutscht!«, kräht er durchs Raumschiff.

Ansteckendes Gelächter breitet sich aus und erlöst mich aus meiner Verlegenheit.

Da unterbricht ein lautes Piepsen die allgemeine Heiterkeit.

Orion geht zur Informationskonsole und liest mit zusammengekniffenen Augen die Nachricht. Dann dreht er sich mit blassem Gesicht zu uns um:

»Das war der Präsident«, sagt er. »Er ist auf dem Weg zum Stützpunkt und erwartet uns dort. Er will, dass ich an einer Pressekonferenz teilnehme.«

»Wie lange brauchen wir dorthin?«, frage ich.

»Äh … ich weiß nicht genau. Zwei Stunden, vielleicht etwas weniger.«

»Okay, dann bleiben uns jetzt zwei Stunden, um zu überlegen, was du der Welt sagen willst.«

»Was *wir* der Welt sagen wollen«, korrigiert er mich mit beinahe flehendem Blick.

Nach kurzem Zögern lächle ich ihn an und sage:

»Was *wir* der Welt sagen wollen.«

Orion scheint um ein schweres Gewicht erleichtert zu sein, und gemeinsam mit meinen Eltern und Flynn beginnen wir alles zu sammeln, was uns wichtig vorkommt.

40

ISIS, ORION

»Bereit?«

Ich spähe durch das runde Fenster. Draußen stehen Hunderte Journalisten, bewaffnet mit Hightech-Kameras. Die Drohnen der verschiedenen Nachrichtensender sind so zahlreich, dass man sich fragt, wie sie alle am Himmel Platz finden. Die lauernde Menge lässt mich an eine ausgehungerte Wolfsmeute denken, die nur darauf wartet, sich auf uns zu stürzen und uns zu verschlingen. Im Zentrum der Aufregung befindet sich eine von Scheinwerfern beleuchtete Tribüne, auf der uns der Präsident der Vereinigten Staaten von Amerika erwartet. Er hält sich sehr aufrecht und macht ein ernstes Gesicht.

»Bist du sicher, dass du …«

Ich lasse Orion nicht ausreden.

»Ganz sicher.«

Noch nie habe ich so überzeugend gelogen. Nein, ich bin nicht bereit. Wie soll man auch bereit sein, sich einem Heer Unantastbarer und Kameras aus der ganzen Welt zu stellen? Aber Orion braucht mich. Jetzt ist es an mir, ihm zu helfen. Ich hole tief Luft und folge ihm. Hand in Hand steigen wir aus dem Shuttle. Blitze zucken, ein Raunen geht durch die Menge. Wir laufen zur Tribüne und stellen uns hinter den Präsidenten.

Uns gegenüber sitzen die Journalisten. Und dahinter, hinter einer Absperrung, stehen Tausende Menschen und richten die Augen auf einen riesigen Bildschirm, der die Bilder live überträgt. Es ist das erste Mal, dass ich mich so groß sehe. Ein komisches Gefühl. Ich wende den Blick ab. Die Pressekonferenz kann beginnen. Eine bekannte Journalistin, deren Name mir gerade nicht einfällt, eröffnet das Feuer.

»Herr Präsident, können Sie die Gerüchte bestätigen, die um das New Earth Project in Umlauf sind?«

»Leider handelt es sich nicht um Gerüchte. Es handelt sich um über fünfhundert Millionen Tote. Wir sprechen vom größten Genozid in der Geschichte der Menschheit. Kein Siedler hat je einen Fuß auf New Earth gesetzt. Deshalb möchte ich, bevor ich weitere Fragen beantworte, eine Schweigeminute zum Gedenken an alle halten, die Opfer dieser Tragödie geworden sind.«

Niemand widerspricht dieser Bitte. Es folgt ein

Augenblick von seltener Intensität. Kein Laut stört die Stille. Ich habe das Gefühl, im Auge des Zyklons zu stehen, und warte auf den Moment, in dem der Sturm weitertost. Lange lässt er nicht auf sich warten. Die Journalistenmeute ist längst nicht gesättigt. Bald erhebt sich eine erste, beinahe zaghafte Frage.

»Wie konnte es dazu kommen?«

»Das ist die Frage, die wir uns alle stellen«, erwidert der Präsident. »Ich hätte mir etwas so Entsetzliches niemals vorstellen können. Niemand hätte das. Wir alle wollten an das Wunder von New Earth glauben. Doch das Wunder war nichts als ein Trugbild. Im Namen der Regierung der Vereinigten Staaten von Amerika möchte ich allen Angehörigen der Opfer mein tiefes Beileid aussprechen. Meine besondere Anteilnahme gilt auch allen Nationen, die wie wir an dieses Projekt geglaubt und der Firma Parker vertraut haben, dem Aushängeschild unserer Industrie. Noch einmal – ich kann nur um Entschuldigung bitten und Ihnen mein Versprechen geben, dass ich dafür sorgen werde, dass die ganze Wahrheit ans Licht gebracht und jeder Verantwortliche zur Rechenschaft gezogen wird.«

»Ist es wahr, dass Orion Parker die Taten seines eigenen Vaters aufgedeckt hat?«

»Orion, die Frage gebe ich an Sie weiter«, sagt der Präsident.

Orion tritt schüchtern vor. Die Kameradrohnen umkreisen das Podium wie ein angriffslustiger Schwarm. Kein Fünkchen des Spektakels soll verloren gehen.

»Ja, das ist richtig. Was hätte ich sonst tun können? Als ich vor wenigen Tagen die Wahrheit erfahren habe, stand mein Entschluss sehr schnell fest. Ich war einer der wenigen Menschen, die überhaupt die Möglichkeit dazu hatten, dem Massaker ein Ende zu setzen.«

»Wie sind Sie auf die Wahrheit gekommen?«, fragt ein Journalist mit einem auffälligen roten Schal.

»Meine ... Zuneigung zu der Person neben mir war der Auslöser, dass ich mich eingehender mit dem New Earth Project beschäftigt habe. Ein Fleck auf dem Rumpf des Weltenschiffs 523 in Form eines O, den ich zufällig vor zehn Jahren bei der Inbetriebnahme des ersten Raumschiffs gesehen habe, hat meinen Zweifel geweckt. Ich habe mich gefragt, ob es möglich war, dass die Hunderte Weltenschiffe, die die Erde angeblich bereits verlassen hatten, nie existiert haben. Ich habe Nachforschungen angestellt und bin dabei an einen Journalisten geraten, der lange über das NEP recherchiert hat, dessen Erkenntnisse aber zurückgehalten wurden. Aber darüber wissen Sie ja bestens Bescheid, Mr. Harris ... Die Einzelheiten und Ergebnisse Ihrer Untersuchung sind mittlerweile im Netz veröffentlicht worden. Ich habe dem nichts hinzuzufügen.«

Die Journalisten reden aufgeregt durcheinander,

und Harris wird für eine Weile zum Zentrum der Aufmerksamkeit.

»Wie gesagt«, fährt der Präsident fort, als sich der Aufruhr gelegt hat, »habe ich bereits umfassende Untersuchungen angeordnet, um den Grad der Beteiligung aller Mitwisser herauszufinden. Und ich kann Ihnen garantieren, dass Parker nicht der Einzige sein wird, der bestraft wird. Er hatte zahlreiche Komplizen. In den kommenden Tagen wird es noch viele Festnahmen geben.«

»Wie sieht die Zukunft der Firma Parker aus?«, fragt ein anderer Journalist.

»Das Unternehmen wird alle Länder entschädigen, die am New Earth Project beteiligt waren«, erwidert Orion. »Die restlichen Mittel werde ich darauf verwenden, die Missstände in unserer Gesellschaft in Angriff zu nehmen.«

»Und wie wollen Sie das machen?«, ruft eine Frau verächtlich. »Wollen Sie die Kuppeln öffnen?«

Der Präsident schüttelt entschieden den Kopf.

»Nein. Vorerst bleiben die Kuppeln selbstverständlich bestehen. Aber man darf Hoffnung auf ein besseres Leben außerhalb der Kuppeln haben. Ich habe Orion Parker vorgeschlagen, unsere Mittel zusammenzulegen, um weitreichende Maßnahmen auf den Weg zu bringen, die unsere Welt verändern werden.«

Ich kann nicht anders, als den Präsidenten empört anzustarren. Na, der ist vielleicht unverfroren! Orion hat ihm die Maßnahmen vorgeschlagen! Wenige Minuten vor Beginn der Pressekonferenz. Orion wirft mir einen resignierten Blick zu. Ihn scheint das dreiste Verhalten des Präsidenten nicht so zu überraschen wie mich. Mit einer winzigen Kopfbewegung gibt er mir zu verstehen, die Sache auf sich beruhen zu lassen, und so muss ich stumm mit ansehen, wie der Präsident die Lorbeeren für unsere Überlegungen einheimst.

»Schon im kommenden Monat«, erklärt der Präsident, »werde ich mit den Mitteln der Firma Parker kostenlose Schulen für alle Kinder von sechs bis vierzehn Jahren errichten. Nur Bildung ermöglicht sozialen Aufstieg. Das alles wird Zeit in Anspruch nehmen, aber ich bin überzeugt, dass diese Veränderungen dazu beitragen werden, eine neue Erde zu schaffen. Nicht Milliarden Kilometer weit weg, sondern hier, auf unserem Planeten. Ich verspreche nicht, dass ich Ihnen die Sonne zurückbringe, wie Arthur C. Parker es getan hat, aber ich verspreche Ihnen, gegen das Grau anzugehen, in dem wir alle leben, und ihm ein paar Farben entgegenzusetzen.«

Das sind nicht die Worte des Präsidenten, sondern Orions. Als er die Grenzen der Verlogenheit – oder der Politik – ausgereizt hat, wendet er sich an uns.

»Ich überlasse es Orion Parker, die anderen Maßnahmen vorzustellen, an die wir gedacht haben.«

»Vielen Dank, Herr Präsident«, sagt Orion. »Ab Morgen werden die neue Vize-Präsidentin der Unternehmensgruppe Parker, Isis Mukeba, die hier neben mir steht, und ich einen praktischen Leitfaden herausgeben, der die Prinzipien einer alternativen Landwirtschaft erklärt, die es allen Bürgerinnen und Bürgern erlaubt, ihr eigenes Gemüse anzubauen.«

»Außerhalb der Kuppeln ist das unmöglich!«, ruft ein Journalist.

Nur wenige Sekunden nach meiner überraschenden Ernennung zur Vize-Präsidentin der Firma Parker trete ich vor, um Orion zu unterstützen.

»Ich kann Ihnen versichern, dass es möglich ist«, sage ich.

Und ich erkläre, welche Anbauweisen Flynn und ich erprobt haben. Inmitten der Journalisten sehe ich meine Eltern bestätigend nicken. Ich danke Orion im Stillen, dass er dafür gesorgt hat, dass sie in der ersten Reihe sitzen.

»Selbstverständlich ist es möglich«, meldet sich Harris zu Wort. »Diese Art der Landwirtschaft existiert bereits. Es gibt viele kleine Initiativen, die heimlich Gemüse anbauen.«

Einige Köpfe nicken, während sich die Idee ihren Weg bahnt. Orion spricht weiter.

»Nach Zugang zu Bildung und Lebensmitteln halten wir es für grundlegend, den Bürgern wieder Arbeitsplätze zur Verfügung zu stellen. Indem ich einen von zwei automatisierten Arbeitsplätzen in der Firma Parker abbaue und Maschinen durch Menschen ersetze, werde ich in kürzester Zeit Millionen Arbeitsplätze schaffen.«

Diesmal kann ich regelrecht spüren, dass Orion einen Nerv getroffen hat. Auf der großen Leinwand sind viele beifällige Gesichter in der Menge zu sehen, die sich auf dem Stützpunkt des NEP versammelt hat.

Ich weiß nicht, woher das erste Klatschen kommt, zaghaft, fast nicht zu hören, aber langsam stimmen immer mehr Hände ein. Es sind keine Standing Ovations – alle haben die Millionen Menschen im Kopf, die ihr Leben im Weltraum verloren haben. Ganz besonders in dem Bereich hinter der Absperrung, wo sich die Leute unter die Menge gemischt haben, die nur knapp dem Tod entronnen sind. Und doch möchten alle daran glauben, an den Traum, dass sich das Leben eines Tages verbessern wird. Mit Tränen in den Augen klatsche auch ich.

Die Zukunft beginnt heute, nur wenige Kilometer von meinem Zuhause entfernt. Zum ersten Mal in meinem Leben habe ich das Gefühl, dass sich wirklich etwas verändern kann.

41

VAN DUICK, MIRANDA, FLYNN, KARIMA

Mark Van Duick erwachte und stand leise auf. Während er sich anzog, betrachtete er seine schlafende Frau. Himmel, war sie schön …

Heute Morgen fühlte er sich zum ersten Mal seit Langem wieder richtig in Form. Das lag nicht zuletzt an dem Anruf, den er am Vorabend erhalten hatte. Der Präsident persönlich hatte ihn sprechen wollen, um ihm vorzuschlagen, das neue Schulprogramm für die Wasserquartiere zu leiten.

Er hatte das Ganze zunächst für einen Scherz gehalten. Er, der Menschenrechtsaktivist, der vertriebene Lehrer, sollte die Leitung der neuen Schule für Alle übernehmen? Doch der Präsident scherzte nicht. Er hatte ihm sogar Passagen aus einem Brief von Orion Parker vorgelesen. Der junge Mann hatte so großes

Vertrauen in ihn, dass er ihn dem Präsidenten empfohlen hatte.

Van Duick hatte eingewilligt. Was hätte er auch anderes tun sollen? Sein Leben lang hatte er von diesem Moment geträumt, von dem Tag, an dem sich die Dinge endlich änderten, an dem die Dampfwalze der Unantastbaren endlich aufhörte, den Rest der Bevölkerung niederzudrücken. Es hatte den Tod von Millionen Menschen gekostet, um an diesen Punkt zu kommen. Doch so schrecklich das war, war es auch die Geburt einer neuen Hoffnung. Er hätte nie für möglich gehalten, dass er selbst zu dieser Veränderung beitragen könnte, und noch weniger, dass er sie sogar selbst initiieren würde. Doch genau das hatte er in seiner kurzen Zeit an der gemischten Schule getan. In seinem Brief hatte Orion Parker betont, dass er ihm mit dem sozialen Projektnachmittag die Augen geöffnet hatte.

Ein leises Gähnen riss Van Duick aus seinen Gedanken. Seine Frau war aufgewacht.

»Warum bist du schon wach?«, flüsterte sie.

»Ich möchte mir den Sonnenaufgang anschauen.«

»In der Kuppel?«

»Nein, draußen.«

Satia Van Duick setzte sich verblüfft auf.

»Aber Schatz, du wirst nichts sehen. Du weißt doch, dass der Himmel immer grau ist.«

»Ich habe so ein Gefühl, dass das Grau bald verschwinden wird«, erwiderte Van Duick und gab seiner Frau einen Kuss auf die Stirn.

Dann verließ er die Wohnung und lenkte seine Schritte in Richtung der Wasserquartiere. Eine Unmenge an Ideen wirbelte ihm durch den Kopf, über den Aufbau der Schule für Alle, über die nötige Infrastruktur, über die vielen Lehrer, die er einstellen würde ... Schon fand er sich am Haupteingang der Kuppel wieder. Trotz der frühen Stunde warteten schon andere Frühaufsteher vor dem Kontrollposten. Van Duick runzelte die Stirn. Elegante Kleider, volle Koffer, bedrückte Gesichter ... Plötzlich erkannte er eine seiner ehemaligen Schülerinnen und verstand. Die blonden Locken von Miranda Bergson würden auf der anderen Seite der Kuppel ihren Glanz verlieren. Van Duick hatte in den Nachrichten gelesen, dass ihr Vater infolge der Ermittlungen zu den Verbrechen des NEP verhaftet und der gesamte Besitz der Familie beschlagnahmt worden war. Die wenigen Tage, die er an der gemischten Schule unterrichtet hatte, hatten genügt, um ihm Miranda von Grund auf unsympathisch zu machen. Trotzdem spürte er jetzt einen Anflug von Mitleid mit dem jungen Mädchen, dessen ganze Welt gerade zusammengebrochen war.

Miranda senkte den Kopf. Sie hatte kein Interesse daran, inmitten der Kolonne der Gefallenen, die die Kuppel verlassen mussten, erkannt zu werden. In ihrem Inneren führte ein widerstreitender Mix aus Gefühlen einen quälenden Tanz auf. Vor allem war sie wütend auf ihren Vater, der sie in diese Situation gebracht hatte. Aber auch auf Orion, weil er seinesgleichen verraten hatte und ihr außerdem Isis Mukeba vorgezogen hatte. Eigentlich war sie auf die ganze Welt wütend. Begleitet wurde die Wut von einer Welle der Scham. Seit sie denken konnte, hatte man sie mit Neid oder zumindest mit Furcht betrachtet. Heute aber sah sie in den Augen der Unantastbaren, die ihren Weg kreuzten, nur noch Geringschätzung und Verachtung. Und es gab noch Schlimmeres … das Gefühl, das sie gerade im Gesicht ihres ehemaligen Lehrers, dieses Van Duick, gesehen hatte, als er mit beschwingten Schritten die Straße entlangmarschierte: Mitleid. Miranda Bergson wurde von ihrem Lehrer bemitleidet. Es war einfach unerträglich!

Noch vor wenigen Tagen hatte sie nur eine kurze Bemerkung machen müssen, und ihre Mutter hatte ihr Handy gezückt und von der Schule verlangt, dass dieser miese kleine Lehrer ihr den Respekt erwies, den er ihr schuldete. Aber diese Zeiten waren vorbei. Die Bergsons besaßen nichts mehr. Kein Haus, kein Auto, keine Möbel. Man hatte ihnen gerade noch einen Koffer gelassen, in den sie ein paar Kleidungsstücke packen konnten. Die Festnahme von Mirandas Vater hatte das Ende aller Privilegien eingeläutet. Man musste die vom NEP veruntreuten Beträge in Milliardenhöhe zurückzahlen, und die Besitztümer aller Angeklagten wurden bis auf den letzten Cent einkassiert.

Mit zusammengebissenen Zähnen zeigte Miranda dem Polizisten am Kontrollposten ihre Papiere. Er gab ihr mit einer nachlässigen Kopfbewegung zu verstehen, dass sie passieren konnte, und diese kleine Geste nahm ihr alles, was sie zu Miranda Bergson machte. Von diesem Moment an gehörte sie nicht mehr zu den Privilegierten, die so tun konnten, als ginge sie der Niedergang der Welt nichts an. Sie war jetzt eine Bewohnerin der Wasserquartiere. Eine unter Tausenden ... Hinter der Wut und der Scham fühlte sie ein neues Gefühl in sich aufkeimen, schrecklich und beklemmend. Zum ersten Mal in ihrem Leben spürte Miranda Bergson Angst. Eine heftige, körperliche, beinahe greifbare Angst. Sie würde niemals außerhalb der Kuppel überleben können. Wie ein Roboter ließ sie sich von ihrer Mutter führen, die verzweifelt bemüht war, sich keine Blöße zu geben, indem sie mit entschlossenem Schritt ging, den Kopf hochhielt und den Bewohnern der Wasserquartiere, die sie beobachteten, fest in die Augen sah. Doch Miranda konnte sie nichts vormachen. Sobald sich die

Tür ihrer neuen Wohnung hinter ihnen geschlossen hätte, einer Bruchbude, in der nicht mal Ratten hausen wollten, würde ihre Mutter schluchzend zusammenbrechen. Doch bis dahin würde sie alles daransetzen, das Gesicht zu wahren und den Grauen zu zeigen, dass die Unantastbaren selbst im Unglück die Überlegenen waren.

Nur mit einer recht ungenauen Beschreibung ausgestattet, drangen Miranda und ihre Mutter in die schmutzigen Gassen vor, die von jetzt an ihre Welt sein würden. Die Adresse war nicht wirklich eine, und ihre Suche, bei der sie mehrfach falsch abbogen und immer wieder umkehren mussten, dauerte Stunden. Sie fragten sich schon, ob man ihnen absichtlich falsche Informationen gegeben hatte, um ihnen Unannehmlichkeiten zu machen. Endlich kamen Mutter und Tochter mit ihrem Koffer vor einem baufälligen, sechsstöckigen Gebäude an.

»Hier ist es«, sagte Irina Bergson.

Miranda schwieg. Der Hausmeister ihrer neuen Unterkunft erschien im Hausflur.

»Seid ihr die Neuen?«

Irina Bergson nickte.

»Ihr habt Glück. Es kommt nicht alle Tage vor, dass ich neues Personal einstelle.«

»Ich danke Ihnen, dass Sie uns diese Chance geben, Sir«, erwiderte Irina Bergson.

Miranda runzelte die Stirn. Ihre Mutter bemerkte ihren Blick und zischte sie an:

»Mach nicht so ein Gesicht. Wir haben keinen Cent mehr. Du glaubst ja wohl nicht, dass man uns hier mit offenen Armen empfängt.«

Miranda verkniff sich den bissigen Kommentar, der ihr schon auf der Zunge lag.

Der Hausmeister winkte sie herein.

»Ihr wohnt im Erdgeschoss. Aber keine Sorge, selbst bei Flut steht das Wasser nicht allzu hoch. Höchstens zehn, fünfzehn Zentimeter.«

Sollte das ein Witz sein? Es hatte nicht den Anschein.

»Du putzt das Treppenhaus«, fuhr er nüchtern fort und sah Mirandas Mutter an, die wortlos nickte. »Und du«, er wandte sich an Miranda. »Du übernimmst die Pötte.«

»Die Pötte?«, wiederholte Miranda verständnislos.

»Na, hier gibt's keine Toiletten«, erklärte der Hausmeister. »Die Leute stellen morgens einen Kübel mit … na, du weißt schon was vor die Tür.«

Miranda verzog entsetzt das Gesicht.

»Sie wollen, dass ich die Scheiße vom ganzen Haus wegschleppe?«, fauchte sie.

»Also, wenn ihr nicht interessiert seid, ich hab noch 'ne ganze Liste mit Bewerbern.«

»Nein, nein, nein. Wir sind interessiert«, unterbrach Irina Bergson ihn hastig. »Miranda wird sich schon daran gewöhnen. Nicht wahr, Miranda?«

»Ja, Mutter«, knurrte Miranda.

»Sehr schön. Hier sind die Schlüssel. Miranda, du kannst gleich mit dem Topf vor meiner Tür anfangen. Der Abfluss ist am Ende der Straße, etwa fünfzig Meter von hier.«

Mit gesenktem Kopf steuerte Miranda auf den Topf zu. Sie versuchte, ihn nur mit den Fingerspitzen anzufassen, aber er war schwer, und sie musste mit beiden Händen zugreifen. Als sie die Straße entlangging, die Hände um den Topf geklammert, den wenig appetitlichen Duft in der Nase, schrumpfte das Gefühl ihrer Überlegenheit mit einem Mal in sich zusammen. So langsam wurde sie sich ihrer neuen Stellung bewusst und allem, was sie bedeutete. Mit Tränen in den Augen versuchte sie, sich an die Anweisung des Hausmeisters zu erinnern. Da unterbrach eine Stimme ihre Gedanken.

»Herzlich willkommen!«

Miranda hob den Kopf. Vor ihr stand Flynn und musterte sie mit einem unergründlichen Blick. Miranda seufzte. Von den vielen Millionen Einwohnern, die New York bevölkerten, musste sie ausgerechnet ihm über den Weg laufen.

»Bist du zufällig hier?«, fragte sie ironisch.

»Nein«, sagte Flynn. »Ich habe gehört, dass du

heute hier einziehen würdest. Die Water-Zone liegt gleich am Ende der Straße. Und um ehrlich zu sein, wollte ich mir deine Ankunft um nichts in der Welt entgehen lassen. Eine kleine persönliche Revanche, sozusagen.«

»Und? Bist du jetzt glücklich?«

»Komischerweise nein. Es ist nicht so erhebend, wie ich es mir vorgestellt hatte, dich mit dem Pisspott in der Hand auf der Straße zu sehen. Ich glaube, Isis hat recht. Es geht nicht darum, den Unantastbaren ihr schönes Leben zu nehmen, sondern darum, dafür zu sorgen, dass niemand mehr so leben muss wie wir. Komm, ich zeig dir, wo der Abfluss ist.«

Karima beobachtete die Szene ein Stück die Straße hinunter von ihrer Hütte aus. Auch wenn das Gehör der alten Frau unter den Jahren gelitten hatte, so hatten ihre Augen sie nie im Stich gelassen. Sie verbrachte den Großteil des Tages damit, reglos dazusitzen und die Leute zu beobachten. Was sie gesehen hatte, war der Beweis, dass das Samenkorn, das Isis gepflanzt hatte, Früchte tragen würde. Wer hätte gedacht, dass Flynn einer jungen Unantastbaren helfen würde?

Karima war alt, sehr alt sogar für eine Bewohnerin der Wasserquartiere. Und sie hatte vor ihrer kleinen Hütte Hunderte von Leben dahingehen sehen. Doch noch nie, bis zu diesem Augenblick, hatte sie eine solche Hoffnung gespürt. Zum ersten Mal in ihrem langen Leben hatte sie das Gefühl, eine Generation aufblühen zu sehen, die in der Lage war, für ein besseres Leben in der Zukunft zu kämpfen und nicht nur in der Gegenwart zu verharren. Diese Kinder, die sie kannte, seit sie klein waren, trugen den Keim einer gerechteren Gesellschaft in sich.

Ein indianisches Sprichwort, das ihr Großvater oft zitiert hatte, kam ihr in den Sinn:

»Wir haben die Erde nicht von unseren Vorfahren geerbt, wir haben sie von unseren Kindern geliehen.«

Das war Karimas letzter Gedanke, während sie sich schweigend vor ihrer kleinen Hütte ausstreckte und sich ein letztes vertrauensvolles Lächeln über ihre pergamentenen Gesichtszüge legte.

42

ISIS

Ich liebe Orion.

Gemeinsam werden wir die Welt verändern.

Danksagung

Das Schreiben eines Romans ist immer ein Abenteuer, das alles andere als einsam ist. Ich möchte meinen ersten Leserinnen Virginie und Sylvie für ihre Hilfe danken.

Ebenso danke ich allen Mitarbeitern von Didier Jeunesse, die wie stets in Hochform waren! Ohne die wertvollen Hinweise von Mélanie Perry hätte dieser Roman ganz anders ausgesehen.

Abschließend ein Gedanke an Aurélie Soubiran, die in die Welt der Blasen gereist ist, und zwar nicht in die, an die man denkt ... Ich hebe das Glas auf dich!

David Moitet, geboren 1977, lebt in Le Mans im Nordosten Frankreichs. Er ist ausgebildeter Lehrer, aber hat seine Leidenschaft fürs Schreiben schon als Student entdeckt. Seine ersten Veröffentlichungen waren Kriminalromane für Erwachsene. Dann wand er sich wegen seiner Begeisterung für das Erfinden neuer Welten der Kinder- und Jugendliteratur zu. Alle seine Werke wurden mit verschiedenen Preisen ausgezeichnet.